アンボス・ムンドス

Ambos Mundos

Natsuo Kirino

桐野夏生

文藝春秋

アンボス・ムンドス

Contents

装画　水口理恵子

装丁　斎藤深雪

植林

植林

いい男がいる。宮本真希は額から汗を滴《したた》らせ、横断歩道の向こう側の若い男を凝視し続けていた。陽炎《かげろう》が立っているかと思えるほど陽射しが強く、ほんの数分の信号待ちでも辛く感じられる暑い日のことだった。男をもっとよく観察するために、真希は片目をすぼめた。こうすると自分が醜く、不気味に見えるのはわかっている。バイト先の女にも、兄にも言われた。ひと月前、コンタクトレンズを片方落としてしまってから、金がなくて新しいのを作れないでいる。コンタクトは左目にしか入っていないからよく見えないのだ。でも、どうせ男は自分なんか相手にしっこないだろうから、どう思われようと構わない。そんな諦めと、まだ捨て切れないほんの少しの期待とで、真希の片目はすぼまったり広がったりした。

男は携帯電話で楽しげに喋っていた。銀のメッシュを入れた肩までの茶髪。垂れ目で口の大きな可愛い顔。頭にサングラスを載せ、眩しさに負けじと太陽に顔を向けているのはもっと陽灼けしたいからだろうか。それがいじましいとは思えなかった。褐色の肌がかっこよかったからだ。日焼けサロンのライトだろうが、埋め立て地の埃っぽい太陽だろうが、街中の爛《ただ》れた照り返しだろうが、陽灼けすることに変わりはない。タンクトップから肩が剝き出しになっている。尖《とが》った肩の骨。当たるとさぞかし痛いだろう。真希は、男の肩骨が太腿の内側の柔らかな肉に食い込む感触を想像する。思わず小さな声が洩れ出て、隣に立っている日傘を差した中年女に怪訝《けげん》な顔をされた。

歩道と並行して走る高架線から、中央線の電車の通過音が轟き渡った。日向で太陽に炙《あぶ》られている真希は発狂しそうになって顔を歪める。話が聞きとりにくくなったのか、男も顰《しか》めっ面《つら》でオレンジ色の車両を見上げた。その狭量そうな表情が真希に過去のあれこれを思い出させた。男の冷酷、男の薄情、男の豹変。途端に息が詰まり、動悸がした。もう誰にも傷付けられたくない。真希の腰が退《ひ》け、後ろを振り向いて走りだしたくなる。その時、信号が青に変わった。電子音の「通りゃんせ」に苛付《いらつ》く。待っていた歩行者が、糸玉が解けるように一斉に動きだした。男は携帯で喋りながら、こちらに向かって歩いて来る。高架線の太い柱の前で二人は擦れ違った。真希は勇気を振り絞り、おずおずと男の顔を見上げた。一瞬眼が合ったが、男の方からすぐさま外された。おめえなんかに興味ねえよ。そう言われた気がして真希は期待していた自分が照れ臭くなり、あらぬ方向を眺めた。右手にあるガラス張りの洒落た交番から、頰のこけた若い警官が真希を見つめている。が、無論、気のせいだった。男を追うように若い女が三人、歩道を広がって渡って来ていた。警官はそちらに気を取られているのだった。三人ともそっくりな格好をしている。真っ黒に灼けた細い体に白っぽい金髪。原色のミニスカートに水色の化粧。まるでハワイのバービー人形だった。どうしてこいつらは天下を取ったように堂々と歩くのだろう。真希が片目をすぼめて睨《にら》み付けると、一人が真希を見て軽蔑したように何か言った。ださい女と思われているのだろう。真希は俯《うつむ》き、果てしない距離に思われた歩道の後半を足早に移動して、ようやく渡り終えたのだった。

すぐ先に、真希がアルバイトしている店がある。『プランタン』という名の医薬品や化粧品を扱っている安売り量販店だ。シャンプーやマニキュアを買い求める若い女で、いつもごった返している。店の横にある狭い階段を上ろうとしたら、太鼓を叩くような音をさせて従業員が勢いよく駆け下りて来た。目を上げると、キャンバス地のエプロンに付けた名札がちらりと見えた。『RYO』。涼子は大嫌いな女だ。真希は知らん顔して伏し目になったまま、涼子が過ぎ去るのを待った。だが、涼子は階段の途中で止まり、激しい口調で言った。

「今頃来たの。早番じゃないの、あんた」

高飛車に言われるとすぐパニックを起こす真希は、しどろもどろになった。

「あたしは今週から遅番て言われたと思うけど」

「嘘。ローテーション見てよ」

きっぱり返した涼子は、階段を下り切って真希を見下ろした。ただでさえ背の高い涼子は、更に厚底のサンダルを履《は》いているから百八十センチ近い大女だ。百五十センチそこそこの真希はどんなにかかとの高い靴を履いても敵《かな》いっこない。威圧されて、頭の上から落ちてくる甲高い声に耐えるだけで精一杯だった。

「じゃあ、見てくる。変ね」

「変ね、じゃないよ。佐々木さん一人だったんだから謝った方がいいよ」

階段を上り始めた真希の背に、涼子の声が押し上げるように被さった。涼子と佐々木は仲が良い。二人共、自分の天敵だ。真希は憂鬱な気分で二階の休憩室のドアを開けた。倉庫も兼ねているので、段ボール箱に阻まれて中の様子は見えない。休憩中らしい仲間の屈託ない声と喧《やかま》しいテレビの音が聞こえ、煙草の匂いが漂って来ていた。

「いっつも同じ格好してる派手な客知ってる？　ほら、金髪でさ、眉毛をライトグリーンのペンシルで描いてる人。お臍《へそ》出して、カプリ穿《は》いてさ」

「知ってる知ってる。臍ピアスしてる人でしょう。あれ見せびらかしたいんだよね」

「そうそう。昨日、うちの近くで会っちゃってさ」

お早うございます、と真希は遠慮がちに声をかけた。会議用のテーブルに座っているアルバイト仲間二人は急に話を止め、目礼しただけだった。二人とも二十歳。二十四歳の真希を敬うでもなく、距離を保っているでもなく、胡散《うさん》臭がっているのがありありとわかる。一人がペットボトルのウーロン茶を飲むと、もう一人は煙草に火を点《つ》け、テレビのワイドショーに視線を移した。真希は壁に貼ってあるローテーション表を眺めた。涼子に言われた通り、今週は確かに早番になっている。首を傾げ、二人に言い訳する。

「間違えたみたい。今週は遅番かと思ってたんだけど」

テレビに見入っていた一人が面倒そうに答える。

「一度そう決まったけど、横関さんが夏休み取りたいって言って、来週からになったんじゃないですかあ」

煙を吐きながら、気がなさそうにもう一人が頷《うなず》く。真希は首を竦《すく》めた。大事なことなのに迂闊《うかつ》にも失念していた。早番は九時半から五時。遅番は二時から九時半。早番の佐々木は交代要員がいないから、まだ昼食も摂っていないだろう。それにしても、出て来ない真希に誰も電話連絡してくれないとは。自分が悪いのに拗《す》ねたい気分だ。真希はふて腐れてロッカーから出したエプロンを着けた。キャンバス地で出来たそれは、いつまで経ってもごわごわして固く、短軀《たんく》の真希に似合わなかった。店に出る前にトイレの鏡を覗き込む。髪を後ろで束ねた暗い顔のデブ女。それが自分だ。高校の時、化粧した顔を兄に笑われて以来、ほとんど素顔で通している。鼻の下に掻いた汗を指で拭き取り、真希は自分の顔から目を背けた。

メイク売場に下りて行くと、佐々木が仏頂面して付け睫毛《まつげ》のパッケージに値札を打っていた。客は女子高生と主婦ら六人。この売場には担当のバイトが常時二人は必要だ。メーカーの美容部員が二人いるのでレジは打って貰えるが、商品管理やヘアケア用品、入浴用品の販売はすべて佐々木一人がやることになってしまった。本格的に混み始めるのはＯＬがやって来る夕方以降だが、万引きが多いのでいくら午前中でも一人で全部やるのはとても無理だ。真希は佐々木の背に声をかけた。

「佐々木さん、ごめんね。あたし勘違いしててさ」

「いいっすよ」佐々木は前を向いたまま答える。「だいじょぶでしたから」

「食事まだでしょう。行ったら？」

「はい。でも」佐々木は振り向いて真希を正面から見た。「もうランチタイム終わったからいつでもいいっす」

佐々木はまだ十八歳だ。高校を出てすぐに『プランタン』のアルバイターになった。態度が堂々としているのは涼子のように背が高いからではない。並外れた美貌の持ち主だからだ、と真希は思う。真希は年下の女に気圧《けお》される悔しさを、喉につかえた食べ物のように呑み込んでしまおうと必死になった。何の化粧の必要もない真っ白な肌。大きくて強い目。華奢な手足は優美で長く、何を着てもよく似合う。飾らないTシャツと大きめのジーンズという服装でもかっこいいのは、自分のように太って醜くないからだ。美しいからだ。センスがいいからだ。佐々木の全存在を肯定した上で否定し去りたいような、羨望を通り越した激しい嫉妬が湧き上がった。真希の嫉妬はウニの棘《とげ》みたいに尖り過ぎていて、持っている自分の手を刺すほどだというのに、佐々木のような女はそれを知ることはない。こいつは、我が身をこの世の塵芥のように感じる痛みを知らずに生きていくのだ。男にかしずかれ、男をいくらでも取り替えて生きていくのだ。そんなことを考えて黒々とした思いに囚われている真希に、佐々木はわずかに鼻を鳴らして言った。

「すみません、宮本さん。汗臭い」

真希は慌てて着ているTシャツの匂いを嗅いだ。毎日取り替えているのに、佐々木はいつも鼻を鳴らして不快な顔をする。今日初めて言葉に出したのは、仕返しだろうか。佐々木は素知らぬ顔で値札付けに没頭し始めている。美貌というだけで自分を凌駕《りようが》し、攻撃する存在なのに、更に言葉で傷付けるとは底意地が悪くないか。真希は、佐々木の整った横顔にちらりと目を遣ってから、こんな店にいつまでいなくちゃならないのだろうとうんざりして、大量の商品を見回した。

目眩《めまい》がしそうだった。狭い入り口付近にバレッタや輪ゴム、安物のピアス、ヘアアクセサリー。すぐ横にヘアケア用品、洗顔用品、入浴用品が並ぶ。壁際にはずらりと各化粧品メーカーのコーナー。真ん中の棚には、アイラッシュカーラーや眉ペンシル、チップ、コットンなどのこまごましたメイク用品にネイルケア用品。この店に来て一年近くなる真希もまだ知らない商品で溢れる店。

いくら磨いても綺麗にならない自分がどうしてこんな店に紛れ込んだのか。アルバイト仲間がそんな噂をして笑っているのは知っていた。化粧品の店なら男と相対さなくて済む、という理由から選んだ仕事だった。時給は八百五十円で実働七時間、昼休みはたったの三十分。昼休みは時給も支払われない。週に五日出勤しても給料は十二万程度。これじゃ金なんか貯まる訳がない。鬱屈だけが見事に層を成して蓄積されていく。搾取される鬱屈、仕事が面白くない鬱屈、美しい仲間に対する劣等感という名の鬱屈、そして、男に無視され蔑《さげす》まれる鬱屈。真希はくさくさしながら、試供品を試してコーナーから動かない女子高校生のグループを露骨に睨んだ。万引きでもしたら殺してやる。力任せに蠅を叩き潰したいような荒々しい気分になっていた。

三十代の女性店長に、人件費が無駄だから遅番の時間までいる必要はない、ときっぱり言われ、真希はたったの三時間働き、惨めな気分で店を出た。外は夕立の気配が濃厚だった。晴れ渡った夏の空は菫《すみれ》色に変わり、西の方からどす黒い雲が広がりつつある。わずかに雨の匂いを孕《はら》み、空気はますます蒸し暑くなっていた。中途半端な気分だった。パルコに寄るか、映画でも見て帰りたいところだったが、金がないのでどこにも行けない。公園で時間を潰そうにも夕立が降りそうだし、家に帰ったところで、兄嫁に嫌な顔をされるのはわかっていた。真希は迫る雨雲から逃げるように、この押し潰されそうな逼塞《ひっそく》感からも逃れたいと思った。しかし、どうにも仕様がない。行く当ても会う相手もいないのだから。前を歩く若い女が携帯電話を耳に当てていた。ビーズのストラップが歩調に合わせて揺れている。携帯も欲しいが買えなかった。だが、携帯を持ったところで自分に電話をかけてくれる人間がいるとは思えない。何事にも自信の持てない真希は、友人も極端に少ないのだった。いつから自分の人生はこんなに暗く狭くなったのだろう。すべてはこの容貌のせいではないか。真希はドトールコーヒーのガラスドアに映る自分の姿を眺めた。何を着ても似合わないずんぐりしたスタイル。真っ黒で量の多い髪は暑苦しく頭蓋を覆っている。細い目はいくら化粧しても大きくなってくれず、意地悪そうに底光りする。特別な能力などひとつもない自分。

真希はコンプレックスが強過ぎるんだよ、と高校の友人に言われたことがあった。言った友人は充分に美しかったから、そんな人間から発せられる言葉など最初から虚しく真希の表面を滑っていっただけだった。どうして女に生まれてしまったのか。女は容貌で損をする。容貌は変えられないのだから、せめて何かの能力があれば良かったのに。特に欲しいのは超能力だ。嫌な奴の頭を締め付ける念力。真希は想像して一人ほくそ笑んだ。気付くと駅まで歩いて来ていた。真希は立川の自宅に帰ろうと定期券で中央線に乗った。

本格的なラッシュの前だから空いていると思ったのに、電車は結構混んでいた。冷房車のなかで日中の暑さが応えたのか、座っている乗客のほとんどが空気の抜けた人形のようにうつらうつらしていた。プール帰りらしい家族連れが七人掛けシートのほとんどを占領して眠り惚《ほう》けている。詰めろよ、ボケ。とても口に出して言う勇気のない真希は心の中で毒づくだけだ。アロハシャツを着た若い男の肩に、女が顔を寄せて寝ているカップルが目に留まった。いちゃいちゃすんじゃねえよ。真希は二人を睨《ね》め付ける。男は女の腰に手を回し、目を閉じている。整えたように眉が綺麗だが、真希の嫌いな口髭だ。気障《きざ》な男。真希は軽蔑の念力を送る。女もまた真希の憎む、派手で美しい女だった。キャミソール型の白いミニドレス。剝き出しの肩は細く、陽に灼けた素肌はすべすべと美しい。茶色の髪をはらりと落とし、幸せそうに眠っていた。そんな体験はできないまま歳を取っていく。その恐怖がわかるか、あんたに。真希は女の顔にも憎悪の念力を送った。不意に目を開けたアロハシャツの男と目が合った。男が真希を見て、おや、という顔をする。真希は思わず声を上げそうになった。小学校の同級生ではないか。船井伸也。フルネームを思い出し、真希は改めてまじまじと眺めた。間違いなかった。口髭を取ったら、半ズボン姿の生意気な船井伸也が現れる。

船井伸也は、大阪から転校してきた自分を、訛《なまり》があると散々苛《いじ》めた男の子だった。あれは小学校三年の夏休み前のことだ。「宮本はとろくて臭くてあきまへん」。あきまへーん、と他の男の子が囃《はや》したてた。学校の廊下に吐瀉《としゃ》物があり、船井に「臭い奴が始末するんだぞ」と迫られたこともある。その時、真希は泣きながら家に帰ってしまったのだった。忘れたくても忘れられない。あれ以来、自分は暗い女になってしまったのではあるまいか。そうだ、お前が元凶だ。あの時の悔しさを思い出すと、動悸が激しくなり、顔が紅潮してくる。船井は自分に気付いただろうか。自分を安全な場所に隠蔽したくなった真希は慌てて吊革を離し、ドア付近に移動した。電車の揺れに足を取られた振りをしてそっと盗み見ると、船井は再び目を閉じて女の髪に顔を埋めていた。ほっとした真希は窓の外の黒い雲を見つめた。早く土砂降りになれ、皆、激しい雨の中を右往左往、逃げ惑うがいい、と祈っていた。「皆」とは果たして誰を指しているのかわからなかったが、これまで真希を小馬鹿にし、真希を嫌うすべての人間を含んでいるのは間違いなかった。

家の鍵は閉まっていた。母も兄嫁も買い物に出かけたのだろう。真希は自分の鍵を取りだして玄関のドアを開けた。狭い三和土《たたき》が子供のサンダルや埃にまみれた運動靴、自分のものよりも華奢なパンプスなどでいっぱいに埋まっている。いつからこんなになってしまったのだろう。真希は、兄嫁の恵理子のパンプスを乱暴に足蹴にした。パンプスは薄汚れた三和土を転がり、底のマークを見せて下駄箱の下で逆さまになった。ついでに真希は兄のサンダルを土足で踏み付ける。子供の時から、優等生面をして自分を蔑む兄が大嫌いだった。

誰もいない居間でテレビを点け、ソファに寝転がる。夕方のニュースが始まっていた。夏の海の光景。色とりどりの水着を着た若い女たち。湘南海岸は貧乏人ばっか、と真希はつぶやく。突然、横断歩道の向こう側にいた若い男のことが蘇った。ああいう男が自分のものになることはないのだろうか。真希は両の乳房を自らの手で掴んだ。こうやって男の大きな手が自分の乳房を鷲《わし》掴《づか》みにする。脂肪の付いた乳房はこぢんまりした真希の掌《てのひら》から余ってはみ出した。こんなにおっぱいが大きいのに、どうして男は自分を選ばないのだろう。餅のようにすべてが柔らかくしっとりしてるのに。真希は、尻に押し付けられる固い棒の上下動を思い出した。息が弾み、頭の芯が緩む妙な気分。だが、それから先は想像できなかった。セックスはおろか、キスもしたことがない。男と手を繋《つな》いだこともないし、若い男の裸を見たこともなかった。

高校の時、電車の中で痴漢に遭ったことがあった。若いサラリーマンで、男の癖に華奢な体型をしていた。男は、通勤鞄で手を隠し、真希の制服のスカートの上から尻を撫で回した。怖くて声を出すこともできず、真希は俯いてされるがままになっていた。翌日、味を占めたのか、また同じ男がやって来て今度は体を押し付けるようにした。やがて、尻に固い棒が当てられ、真希ははっとした。逃げるのを妨げるように男の脚が真希の両腿を強く挟んでいる。どうしていいのかわからず、真希はただじっとしていた。やがて、電車の振動に合わせて上下に動く棒を尻で感じているうちに、真希は不思議な感覚に陥った。周りが見えなくなって、その部分だけが他人と繋がっている、気持ちがいいような、振り捨てたくなるほど不快なような。真希はその日は一日、ぼうっとしていた。あの男に会いたい、と強く思った。男が同じ駅で乗降していることを知った真希は、ある日、駅で男を待った。もしかすると、男も自分を気に入ってあんなことをしたのかもしれないと心を騒がせたのだ。だが、男は真希を見るなりびっくりして後退《あとずさ》り、急いで別の車両に乗り込んで奥の方へと行ってしまった。

嫌なことを思い出した。ふっと気を抜くと、カーペットの上に落ちているウサギの縫いぐるみが目に入った。姪の香奈のものだった。真希は溜息を吐《つ》いた。いつ何時、誰が帰って来るかわからない。自分の家だというのに、居間でおちおち過ごせなくなってしまった。

一階に台所兼居間と六畳間ひとつ。二階に六畳間二つ。四間しかない狭い建て売り住宅に、兄の一家が転がり込んで来たのは昨年のことだった。兄はそれまで江東区のアパートに住んでいたのだが、給料の大幅カットで家賃を払えなくなったというのだ。兄と兄嫁の恵理子、四歳になる姪の香奈。三人は我が家に同居することになった。安サラリーマンの父も再来年は定年。残ったローンを兄が肩代わりすることで、いずれこの家は兄のもの、と話の決着は付いたらしい。ということは、自分はいったいどうなるのだ。真希は、自分抜きに、このささやかな家の行く末が決まったことが不満でならなかった。兄夫婦は家計も父親の収入に助けて貰っている。だからこそローンの金が何とか捻出できるのだろうが、それは不公平ではないか。居間も台所も恵理子に占拠され、自分の部屋以外、居場所がなくなったのも辛い。もっとも恵理子にしてみれば、二十四歳にもなる小姑が定職もなく実家に居続けていることの方が嫌なのだろうが。知ったこっちゃないと、真希は嘯《うそぶ》く。

突然、雷鳴が轟いた。いよいよ雨が降り出した。真希はソファに仰向けになったまま、ベランダからわずかに見える真っ黒な空を見上げた。何か起きればいいのに。雷に打たれて誰か死んでしまえばいい。それは自分でもいい。生きていたってしょうがない。真希は起き上がり、窓に面したガラス戸を開けた。一坪あるかなきかの小さな庭に植わっているバラの苗木に激しい雨が当たっていた。バラを植えたのは恵理子だった。誰も庭いじりの趣味などなく、家を買った当初からあるツツジが一本、庭石がひとつ置いてあるだけの貧相な庭に満足していた。が、恵理子は庭があって嬉しい、とバラを数本買ってきて植えた。こうしてじわじわ自分の領分が他人に侵食されていく。何もない自分はこうやってすべてを奪われるのだ。真希は雨に当たって揺れているバラをぼんやり眺めた。それが自分にないもの、つまり他人の持つ強さの象徴のように思われたのだった。他人を憎む力も今は失せていた。

電話が鳴った。聞き覚えのない男の声だった。真希は訳もなく浮き立つ心を抑えた。乳房を摑む男の手。想像が蘇り、よそゆきの声を出す。

「俺、小学校の時一緒だった船井です」

何でお前が電話してくる。真希は急に不機嫌になった。

「何の用」

「どうも久しぶり。さっき中央線に乗ってなかった？　宮本みたいだなと思って」

「乗ってたよ」

「そうだろ。俺、前に座ってたんだよ」

「ああ、派手な女の人と一緒だった？」

「そうそう、派手な」船井は苦笑し、明るく言った。「お前、今何してるんだよ。クラス会も来ないって言うしさ。まだ同じ家にいるんだろう」

「何もしてないよ。短大出てからずっとバイト。船井君は？」

どんなバイトかと尋ねられるのが嫌で、興味もないのに慌てて質問を返す。

「俺は北大の大学院なんだよ。夏休みでさ。それで、今度クラスの連中と会おうって話になってるんだけど、お前も来ない？」

行く訳ないだろうと思ったが、はっきり口に出して断れない真希は、曖昧に答えた。

「考えとく」

「なるべく来いよ。今度の土曜、七時に駅前の『むらさ来』。十人くらいは来るって話だから」

「わかった、どうも」

自分のあまりの素っ気なさに、船井も辟易《へきえき》している風だった。それでいいのだ。今更、余計な繋がりなど一切持ちたくなかった。ましてや、船井は自分を苛めた張本人ではないか。美しい女の存在と同じだ。自分が如何に相手を苦しめているか認識していない人間。それが加害者の特徴だった。舐めんじゃねえよ。またひとつ真希の内部にやり場のない鬱屈が溜まり堰《せ》き止められた。それが流れ出る先を求めてぐるぐる渦巻いているのを誰が知るだろう。庭土を豪雨が穿《うが》っていた。あの雨に打たれて砕け、地面に溶け込んでしまうといい。

玄関のドアが勢いよく開く音がした。同時に、家の中にエネルギーの塊がなだれ込んで来た。そのエネルギーは爆風のように短い廊下を走り、一気に居間まで届いた。わーっ、濡れちゃったねえ。大きな声が響く。どたどたと洗面所に走る小さな足音と恵理子の怒鳴る声。足拭かなきゃ駄目でしょう、香奈ちゃん。兄嫁の恵理子と姪が帰宅した。静かだった家がこの一家によって変貌し、乗っ取られつつあった。両親はうるさがりながらもこのエネルギーを歓迎している。かつて味わったことがあるからだ。だが、自分はこのエネルギーに馴染むことはない。いや、一生、知ることもないだろう。俄《にわか》に寂しさが襲ってきて、真希は庭に目を遣った。豪雨に打たれても、バラはしゃんと頭をもたげている。

「真希ちゃん、帰ってたの」

恵理子がタオルで腕を拭いながら居間を覗いて声をかけた。恵理子は兄より三つ上の三十三歳。ショートカットで眼鏡を掛け、理知的な風貌をしているが、その中身はワイドショー好きで欲深だと真希は知っている。

「すみません、早く帰って来て」

「すみませんだなんて、あなたのお家じゃない」

恵理子は微かに眉を寄せる。あてつけがましいと思ったのだろう。真希はソファから立ち上がろうと腰を浮かす。

「二階に行くから」

「まだそこにいればいいじゃない。あなたのお家なんだから」

恵理子は繰り返した。剣呑《けんのん》さが次第に増していくような気がする。自信たっぷりの人間には気圧されてしまう真希は気弱に頷いた。

「はい、どうも。お母さんは？」

「お母さんは、お教室」

週に一回、母親は公民館が主催している絵の教室に通っているのだった。「お」を付けることはないじゃないか。上品ぶってる。またしても恵理子に対する反感が湧いたが、表面上は、真希はあくまでもにこにこしている。ただいま、と香奈が居間に入って来て、真希の許しも得ないでテレビのチャンネルを勝手に変えた。映し出されたアニメ番組にすぐさま夢中になって見入っている。真希は一心不乱にテレビを見ている香奈の髪をそっと撫でた。まっすぐで細い髪。清らかな肌。この家の中で、いや、この世に生きている人間の中で、唯一香奈だけが好きだった。お姉ちゃん、可愛いよ、と言ってくれるのも香奈だけだし、動物のようにまっすぐで素直だから嘘を言わない。かつて自分にもこういう時代があったのかと思うと、それだけで心和む存在だった。

「真希ちゃん、あなた苛められたことある？」

声を潜めて恵理子が尋ねた。船井のことか。どきっとして真希は振り向いた。恵理子は眼鏡の奥の細い目を更に細めた。

「幼稚園でね、この子苛められてるんだって。夏休みに入ってほっとしたわ。角のコンビニの男の子よ。知らない？　ヒロユキ君って子」

以前は酒屋で、二年前からコンビニに変わった店。そこの男の子はいつも店内でちょろちょろして、レジにいる母親に叱られている。

「その子がね、香奈を目の敵《かたき》にしているらしいのよ。香奈が登園すると、すぐ寄ってきて『お前なんか帰れ』って怒鳴ったり、髪の毛引っ張ったり、お弁当隠したりするんだって。困っちゃうわよね」

香奈は獲物なのだ。弱くて苛めやすい獲物。狙われた獲物の痛みを知らずに、相手は成長し、忘れ去っていく。真希は奇《く》しくも、今日見かけた船井のことを思い出し、眉を顰《ひそ》めていた。あいつ、最低な野郎だ。何とかしてやりたい。しかし、今の自分にはそんな度胸も能力もない。自分のことしか考えていないのに、真希は困り顔の恵理子にしきりと相槌を打ち、心優しい義妹を演じた。

「雨がひどくて。帰りたいのに一歩も出られなかったわ」

公民館から母親が帰宅した。最近は主婦の仕事を恵理子に奪われ、ますます老いていく。おばあちゃん、と香奈が飛び付き、母親は相好を崩した。それから目を上げ、夕刊に読み耽っている真希を非難した。

「あんた、少しは恵理子さん手伝ったら」

台所にいる恵理子は米を研いでいる。その後ろ姿が聞き耳を立てているように見えた。真希は聞こえない振りをして二階に駆け上がる。九歳になった時に大阪から立川に越して来て以来、十五年間全く変わらない自分の部屋。二段ベッドを解体したベッドと、サンリオの小さな学習机。その周囲にマンガや雑誌、服が散らばり、部屋は物置と化していた。移動も異変もないから物は捨てる機会を与えられず、まるで真希自身のようだった。積み重なったゴミ。兄が家を出た後、兄の部屋は納戸になった。家の中が広くなって清々《せいせい》したと思ったのに、また兄が戻って来てしまい、前よりもっと狭く感じられる。薄い壁板を隔てた隣の部屋は兄一家が住まう場所となり、夫婦喧嘩も自分に聞かれるのを怖れて、ひそひそ声で怒鳴り合っている始末だ。もう一人赤ん坊でも生まれたらどうするのだろう。一階が兄たちの居住区になって、隣の六畳に両親が寝るのだろうか。ますます自分は居間や台所に入りづらくなるだろう。それどころか、香奈の勉強部屋もそろそろ必要だ、と恵理子なら主張するに違いない。いずれ、自分は確実に追い出される。どうしようか。真希は行く当てもない頼りなさと、独りぼっちになる怖ろしさを思って震えた。何とかしなくちゃいけない。まずバイトを辞めて、もっと実入りのいい真面目な正社員にならなくては。そうは思っても、人事担当者は真希の顔を見て失望の色を隠さないのだった。佐々木のような美人に生まれたら、どんな仕事にでも就けるのに。真希はまた佐々木を羨んだ。大阪にいた頃は自分だって勉強もできたし、友達も沢山いたのに、どこでどう間違ったのだろう。真希は本棚にあるアルバムを開いた。大阪の寝屋川市に住んでいた幸せな頃。アルバムの中の真希は、そう太ってもおらず、聡明そうな顔でにこにこ笑っていた。あの頃に戻りたい。その夜、真希はアルバムを抱いて寝た。

翌朝、『プランタン』に出勤する途中、真希は件《くだん》のコンビニに寄ってお握りと飲み物を買った。三十分の昼休みでは買いに行く時間も勿体ないからだ。さほど広くない店内では、アルバイトを雇う金もないのかヒロユキの父親らしき萎《しお》れた男が黙々と食品棚に菓子パンを並べ、上っ張りを着た母親が不機嫌そうにレジに立っていた。ヒロユキは雑誌の棚の下に座り込み、ロボットの玩具を持って夢中で遊んでいる。四歳にしては体も大きく、利かなそうな顔をしている。真希の視線を感じ、ヒロユキが傲然と顔を上げた。目が合う。香奈を苛める憎たらしいガキ。真希はたった四歳の子供を憎んだ。これまで自分が感じてきた理不尽さや不公平感が急に噴出した感じだった。ヒロユキは船井なのだ。放っておけば香奈は自分になってしまう。ヒロユキを何とかしなければならない。仏頂面をしたヒロユキの母親に金を払い、真希は外に出た。昨日と変わらぬ暑さに目眩がする。たちまち毛穴が広がるのがわかる。これから汗が出るのだ。みっともない汗掻きの自分。真希の傍らを何か俊敏なものが転がるように走り出て来た。ヒロユキだった。ヒロユキは真希の服の端を摑んで追い越し、店の前に置いてある自販機の前に立った。レバーをがちゃがちゃといじくって遊んでいる。母親が店内から怒鳴っているが、聞こうともしない。真希は立ち止まって片目をすぼめ、焦点を合わせてヒロユキを凝視した。振り向いたヒロユキが真希に気付き、少し怯えた表情をしたのが愉快だった。

その日、佐々木は相変わらず棘々しかった。お食事先に行って、と勧めても、はあ、と生返事をするばかりでなかなか動こうとしない。そのうち、生理用品売場にいる涼子と待ち合わせて近くのマクドナルドに行くつもりだとわかり、真希はさっさと二階の休憩室に上がった。下手に出りゃあいい気になりやがって。休憩していた他の仲間たちが真希の姿を見るなり弁当の殻を片付け、お先に、と外に出て行く。自分の周りから憤激のオーラが出ているのだろうか。真希は不思議になり、エプロンをした自分の姿を見下ろす。昨日のドジ以来、自分が避けられ煙たがられているみたいで不快だった。だから、女ばかりって嫌なんだよ、陰険でさ。そうは思っても、男と会うのが嫌で、女ばかりの職場を選んだのは他ならぬ自分なのだった。真希はヒロユキのコンビニで買ったお握りのパッケージを次々と破りながら、ブラインドの隙間から見える青空を眺めた。休憩室にいると牢獄に閉じ込められているようだ。隅に並ぶロッカーを蹴飛ばしたい凶暴な気分。仲間が点けっ放しにしていったテレビでは、ワイドショーが過去の未解決事件特集をやっていた。「一九八四年グリコ・森永事件」とテロップが出ている。その事件のことは親が話していたから覚えている。「かい人21面相」と名乗る犯人が菓子会社を脅迫した事件らしい。興味なんかひとつもない真希は、テレビを消そうと腰を浮かせかけた。が、その時流れてきた音声に思わず耳をそばだてた。

『レストランから一号線を南へ一五〇〇メートル行ったところにある守口市民会館の前の京阪本通二丁目の陸橋の階段の下の空き缶の中』

不気味に一本調子の子供の声だった。何か思い出しそうになった真希は息を詰める。「アキカンノナカ」。その言葉に覚えがあった。もしや、この声は自分ではあるまいか。その考えは真希を興奮させた。司会者は「男児の声」と言っているではないか。しかし、「アキカンノナカ」。「空きかん」の「空き」という漢字が読めなくて何度かやり直したような気がする。金魚の服。上に住んでいるお姉さん。あれは何だっけ。いつのことだっけ。真希は焦って画面を食い入るように眺めた。

「一九八四年グリコ・森永事件」というテロップ。自分にあの変なことが起きたのは、自分たち一家が寝屋川市に住んでいた時。確か小学校三年だった。真希は、その年が紛れもなく一九八四年だと知ってぞくぞくした。自分にもドラマチックなことが起きていたのかもしれないという喜びだった。

真希の一家は寝屋川市の住宅街に建つマンションに住んでいた。隣に広い駐車場があって、男の子たちはそこで始終野球をしていた。道を挟んだ向かい側にも子供が集まる小さな公園があり、女の子は主にそちらで遊んでいた。真希は学校が終わるとマンションの六階にある自宅から下を見る。そこに友達の姿を見つけると公園に行って遊ぶ。それを日課にしていた。

　ある日、いつも通り学校から帰って公園を見下ろしたら、ベンチの周りに子供が集まっていた。その中心に鈴木さんがいた。鈴木さんは本のようなものを広げて、子供たちと話していた。鈴木さんは同じマンションの九階に一人で住んでいる女の人だ。何をしているのか知らないが、リフォームが上手だという評判だった。真希は母親に金魚の服を着て遊びに行く、と言い張った。母親はノースリーブだから五月にはまだ早い、と諫《いさ》めたように記憶しているが、どうしても着たいのだ、と真希は駄々をこねた。なぜなら、鈴木さんが金魚の服を作り直してくれたからだった。黄色や赤の小さな金魚が跳ねている幼児用の浴衣をリフォームして作った素敵なワンピース。真希はその服を早く着たくて堪《たま》らなかった。しかも、その服を作ってくれた鈴木さんがいる。見せたい。

「どうしてそんなに着たいの」

「だって鈴木さんがいるんだもの」

「あ、そう」母親はあっけなく頷いた。「もうじき引っ越しちゃうから、見せておいで」

　大阪に転勤になっていた父に辞令が下りて、ひと月後には東京に戻ることになっていたのだ。真希は喜び勇んでワンピースを着た。外に出ると、五月の風は少し冷たかったが、皆が金魚の服を羨ましそうに見るので嬉しかった。鈴木さんが真希に気付き、わあ、と嬉しそうな声を上げた。

「真希ちゃん、これ着てくれたん。ありがとう」

鈴木さんは笑うと片方のほっぺたに笑くぼが出来て、すごく可愛い顔になる。あの人、ニゴウサンしてるんだってよ、と母親が父親に話していたのを聞いたことがある。真希はニゴウサンということが何だかよくはわからなかった。ただ、母親の口調から他人に言うには憚《はばか》られることだと察しただけだ。鈴木さんは大阪の地図を広げてにこにこ笑っていた。他の子たちは皆知らない子ばっかりで、真希に鈴木さんを取られたのでどこかへ遊びに行ってしまった。真希は鈴木さんの横に腰掛けた。

「金魚可愛い。その服、よう似合《にお》うてるわ」

褒められた真希は照れ臭くてもじもじした。鈴木さんはワンピースの出来を確かめるように、白い手で裾や襟ぐりなどを触っている。

「あのね、うち来月、東京に引っ越すねん」

「え、ほんま」鈴木さんはきょとんとし、それから溜息を吐いてみせた。「がっかりやねえ」

「だから、これ着てきてん」

「見せにきてくれたんやね。ありがとう」

鈴木さんは何か考えるように公園のあちこちに目を遣った。新緑が綺麗で葉っぱがきらきら光っていた。女の子たちが滑り台で騒いでいる。

「鈴木さん、何してたん」

真希は鈴木さんの手元を覗き込んだ。地図があった。

「地図見ててん。真希ちゃん、漢字読める?」うん、と真希は得意げに頷いた。鈴木さんが広げている地図は大阪市のものだった。「これ何て読む？」

「もりぐち」

「すごいなあ。ほな、これは」

こんな具合に鈴木さんはひとつひとつ指さして聞いた。真希はクイズをしているみたいで面白くなった。すると、鈴木さんがこう言った。

「うちに遊びに来《け》えへん。もっと読んでみよ」

いいよ、と答えた真希はそのまま一緒に鈴木さんの部屋に寄った。間取りは同じでも、鈴木さんは子供がいないせいか、真希の家よりずっと片付いていた。ほとんど何もないと言ってもいいくらいだった。お料理しないのかな、とぴかぴかの台所を見て真希は思った。真希の家の台所はいつもごちゃごちゃと物が置いてあり、絶えず誰かが買い物袋や糠味噌《ぬかみそ》の容器に蹴躓《けつまず》いたりしている。部屋の真ん中にぽつんと電動ミシンが置いてあって、その横に沢山の布を入れた籠があった。鈴木さんが勧めてくれたふかふかのソファに真希は腰掛けた。力を入れるとぽんと跳ねて面白かった。真希の家のソファは、お兄ちゃんが跳ねるからスプリングがへたってもうこんなにふかふかじゃない。真希が何度も跳ねて遊んでいると、奥の襖が開いて知らない男の人が現れた。お客さんが来てたんだ、と真希は緊張した。男の人は真希を見てにこにこした。白いシャツに黒いズボン。お父さんと同じくらいの歳だ。真希は、「こんにちは」と礼儀正しく挨拶した。

「ほお、この子か。漢字読めるって」

男の人は真希の頭を撫でてから、足を大きく広げて座った。香水を付けているらしく、とてもいい匂いがする。右手に大きな金の指輪をしていて、びっくりした。真希は男の人がそんな指輪をしているのを見たことがなかったからだ。鈴木さんがアイスクリームを持って来てくれた。

「真希ちゃん、さっきの地図読んでみて」

真希は得意げに男の人が指し示す場所をあちこち答えた。ちっとも難しくなかった。男の人は、「じゃ、これはどうや。ひらがなもあるから大丈夫やろ」と言って、白い紙に大きな字で沢山の地名や言葉を書いた。

「高つきの西武デパート、かいだんの下、けいはん本通り、三井ぎん行、りっ橋、守口市民会館、空きかんの中」

「りっ橋」と最後の「空きかんの中」がわからなかったのだ。それで、そこだけ何度もやり直しをした。面白かったが、終わったらアイスクリームはすっかり溶けていた。そのことが残念で、真希はがっかりした。

「そろそろお夕飯でしょう。ありがとう。ずっとその洋服使《つこ》うてね」

鈴木さんに見送られて家に帰って来ると、お母さんが「どこに行ってたの」と台所から怒鳴った。六時を過ぎていたのだ。鈴木さんち、と答える。お母さんは特に関心もなさそうでふーんと言っただけだった。

「鈴木さんの家に男のお客さんが来てた」

真希が報告した時だけ、興味を掻き立てられたように、「へー、どんな人？　何してる人？」と母親は聞いた。でも、真希は何となく鈴木さんを裏切るような気がして、いい匂いのことや指輪のことなど、答えなかったのだ。

真希の一家が近いうちに東京に引っ越すこと。もともと東京者だから、あまり大阪訛がないこと。その点から自分が選ばれる理由はある。真希は、いつの間にか立ち上がっていた。間違いない。絶対に自分の声だ。未解決事件ということは、あのたおやかな鈴木さんも、金の指輪の男も、犯人の一味ということになる。そして、この自分も。この冴えない女、みんなに馬鹿にされている宮本真希も加担していたのだ。体が震えるほどの本物の興奮が真希を捉えた。自分が中心人物。こんな思いをしたのは初めてだった。喜びの笑いがこみ上げた。誰も知らない犯人を私だけが知っている。日本中が騒いだ事件の中心人物。

「何してんの」

休憩室に入って来た涼子と佐々木が真希を見て、気味悪そうに立ち竦んでいた。真希はちらと二人を見て、取り澄ました顔をした。

「嫌だ。何よ。気持ち悪い」

涼子が佐々木と目くばせして笑いを堪《こら》えている。真希は一喝した。

「うるさい！　あたしを舐めんじゃないよ」

そして、ゆっくり昼食のゴミを入れたコンビニの袋を捨てると二人を突き飛ばすようにして休憩室を出た。今日から生まれ変わる。自分はさっき突然変わったのだ。もう念力なんて要らない。なぜなら、私は中心人物なのだから。そう、ここに特別な自分がいる。真希は嬉しさに晴れ晴れとした顔をした。

　午後の仕事はてきぱきとこなした。佐々木は怖れをなしたのか近寄っても来ない。美しいと思った佐々木の顔も、よく見るとたいしたことはないと真希は思った。そばかすをファウンデーションで誤魔化しているし、形がいいと思った鼻には段がある。何よ、ただ若いだけじゃない。真希は生理用品売場からこちらを窺《うかが》っている涼子も冷ややかな眼で観察した。でかいだけで何の取り柄もない女。よくあんなでかいサンダルを手に入れたもんだ。プロレスラーにでもなるがいい。甲高い声できーきー言うんじゃねえよ。

「あんた、あたしのこと臭いって言ったわね」

　真希は洗顔料を並べ替えている佐々木の耳に囁いた。佐々木は怯えた顔で立ち上がった。

「あの時は汗臭いと思ったから」

「言っとくけど、あんたも臭いわよ。あたしは優しいから言わなかっただけ」

　佐々木が慌てて自分の体の匂いを嗅ぐのを見て、真希は鼻でせせら笑った。これからは変身して生きるのだ。両手に一本ずつボディシャンプーを持って迷っている客に、愛想良く近付いた。いつも佐々木がやっているのを見て羨ましいと思っていたことだった。

「こちらの方が売れてますよ」

　あ、そう。客はそれを選ぶ。棚から棚へ彷徨《さまよ》う客には、何をお探しですか、と尋ねる。万引きなら追い払えるし、本当に探している客には感謝される。コツがわかれば造作もないことだった。こうして売れれば成績も上がったのだ。店長がこっそりメーカーからリベートを取っているという噂もある。自分にもできるかもしれない。午後になって急に変身した真希を、佐々木が信じられないという顔で見ている。

真希は自室の押入の奥に入っている衣装ケースを引っ張り出した。この中にあるはずだった。中を探っていると、一番下に金魚の服がきちんと畳んで入っていた。やはりあった。真希は服を引きずり出した。シンプルで小さな子供服。自分の幸福な時代の象徴。しかし、これから変わる自分の象徴でもある。真希はワンピースを広げて眺めた。幼児用浴衣のリップル生地で作られた赤や黄色の金魚の泳ぐ可愛い服。鈴木さんの針の跡。真希は裾上げに指で触れた。丁寧にかがってあると思い込んでいたのに、案外粗雑なのは意外だったが、ともかくあれは夢でも幻でもなく、現実に起きたことだった。金魚の服を抱き締めていると、ノックの音がした。

「真希、何してるの」母親が顔を出し、真希の手にしている服を見て怪訝な顔をした。「それ、どうするの」

真希はその問いには答えず、くたびれて老けて見える母親を冷たく見遣った。

「それより、どうしたの？」

「下で揉めてるんだよ。もう嫌になっちゃう」

母親は真希のベッドに座って肩を落とした。どうせ家を建て替えるとか言って、兄が恵理子と一緒にごねているのだろう。そんなことなどどうでもよかった。真希は服を撫でさすりながら尋ねた。

「お母さん、鈴木さんて覚えてる？　寝屋川のマンションで上に住んでた、この服作ってくれた人」

「ああ、あの人。うちが引っ越してからすぐいなくなったらしいよ。何だか変な人だったねえ、会うといつもへらへらして。暇なんで日がな一日ミシン踏んでるって言うから、洋裁やるんですかって聞いたのよ。そしたらリフォームが得意って言うでしょ。頼んでみたらひどいしね」

母親は軽蔑したように金魚の服を見た。真希は弁護するように服の皺を伸ばした。

「これ、ひどくないじゃない」

「でも、雑だよ。ま、あんたが気に入ってたならいいけど」

「気に入ってたよ。ね、鈴木さんて何してた人なの」

真希は鈴木さんの部屋にぽつんとミシンが置いてあったことを思い出して尋ねた。母は言いにくそうに横を向いて答えた。

「誰かの愛人とか、みんな噂してたけどね。あの顔でって酷《ひど》いこと言う人もいたよ」

私だけがその愛人がどんな男か知っている。何をした男かも。真希は満足の笑みを浮かべた。あの頃に戻りたいねえ、あたしも若かったし。母親がつぶやいて真希のベッドに仰向けになった。前の真希なら心の底から同感したことだろう。大阪時代に戻りたい、と。だが、今は違っていた。もう、戻りたくない。強くなった今の私の方がいい。

真希のベッドに仰臥《ぎょうが》した母親を放って階下に降りていくと、兄がビールで顔を赤くして熱弁をふるっていた。父は黙って煙草を吸っている。恵理子は香奈とテレビの歌番組を見ている振りをしているが、背後の食卓を絶えず気にしているのは、明らかだった。真希は食卓の横に立った。真希の存在が圧力に感じられるのか、兄は背を向けるように体を捻った。

「だからさ、建て替えてしまいましょうや」

「そんな金がどこにあるんだよ」

営業の兄もさすがに言いだしにくいのだろう。ごくっと唾を飲み、助けを求めるように恵理子の背中を眺めた。恵理子は香奈とダパンプの唄に合わせてハミングしている。が、その背中に兄の視線を感じたらしく、一瞬背筋が伸びるのを真希は見ていた。真希とよく似たずんぐりした体型の兄は、Tシャツから出た太い二の腕を掻いた。

「父さんの退職金だよ。それを充てて、皆で楽しく暮らそうじゃない。三階建てにして、一階は父さんと母さん。二階、三階はうち。でないと、うちもう一人子供が欲しいのにどうにもならないし」

「老後の資金はどうなる」父が困惑した顔で言う。「皆で暮らすのは楽しいだろうし、俺たちもこれから歳取る一方だから同居してくれるのは有難いが、旅行も行けないんじゃ困る」

「だからさあ」兄は居丈高だった。「父さんもまだ若いんだから働けばいいじゃない。真希もいずれ結婚すんだろうし」

「あたし、ずっとここにいるよ。あたしの部屋も作ってよ」

真希の声に恵理子が振り向いた。その顔に、意外だという表情が張り付いている。いい気味だ。あんたたちの思い通りになんかさせるもんか。私は強いんだから。真希は恵理子の顔を見返す。

庭のバラ。あんなひょろひょろしたものではないんだから。私は中心人物だったんだから。兄が何か言いたそうに口を開きかけたが、真希は腰を折るように香奈を呼んだ。

「香奈ちゃん、おいで」

真希は、これあげるね、と金魚の服を香奈に手渡した。香奈はナフタリン臭い匂いに怖《お》じてこわごわ手を出した。恵理子がやって来て覗き込む。古い服の胸についた黄色い染みに少し顔を顰めた。

「あら、可愛い。でも、染みがあるわね。これ真希ちゃんのですか」

「そう。ちょっと着てごらん」

躊躇《ため》う香奈の着ていたショートパンツとランニングを強引に脱がそうとすると、兄の声が飛んだ。

「やめてくれよ、真希。そんなの香奈に着せるの」

「何で？　可愛いじゃない」真希は衝撃を受けて振り向いた。そんなことを言われるとは予想していなかった。振り向きざま、恵理子が香奈の手の匂いを嗅いでいるのが目に入る。真希はかっとして声を荒らげる。「そんなあ、汚くないよ」

ごめんなさい、と恵理子は慌てて香奈の手を離したが、兄が遮《さえぎ》った。

「汚いよ。何だ、その染み」

「すぐ落ちるよ」

「本気かよ、お前」兄が首を振った。「俺はお前がその金魚の服着てるの、恥ずかしくてさ。俺の妹だっていうの隠してたくらいなんだぜ。お前、その服の滑稽さ、わかんないのかよ。とっくに捨てたかと思ってたよ」

まあまあ、と温厚な父が兄を宥《なだ》める。真希は金魚のワンピースを撫でさすった。

「滑稽じゃないよ」

「滑稽だよ」兄は吐き捨てるように言った。「どこにそんな金魚の模様の服着て歩いてるガキいるよ。出目金だぜ。そんなの赤ん坊の浴衣だろ。それに、その形見ろよ。陣羽織だよ」

真希は薄ら笑いを浮かべた。誰にもわからない。この服が表す特別なもの。それは私と鈴木さんと、あの男しか知らないのだ。気付くと、急にしんとした家族全員が真希を眺めていた。距離を感じたが、真希は満足して立ち上がった。皆が驚き、私に一目置いた。やはり、自分は特別な能力を得たのだ。真希は土曜日、船井に誘われたクラス会に行こうと決心していた。


真希は七時過ぎに家を出た。ちまちまと小さな建て売りの並ぶ住宅街は夏の濃い闇に溶けていた。あちこちの家からテレビの音が聞こえてくる。真希は夜空を見上げた。どんよりと暑気と湿気でうだる空には星はひとつも見えない。鈴木さんと指輪の男はどこに住んでいるのだろう。真希は、二人がどこかの家でテレビを見ながらビールを飲んでいる光景を想像した。何事もなく、平和に生きているに違いない。まさか、あの時の女の子がこんな風に感謝しているとも知らずに。

真希が店に入って行くと、奥の座敷に溜まっている同級生らしき一団はびっくりしたようにこちらを見た。船井が真希の電話での反応を喋ったらしく、まさか現れるとは思っていなかったのだろう。真希は傲然と立って、八人ほど来ているクラスメートを睥睨《へいげい》した。文句を言ってやるつもりで来ている。男が五人、いずれも船井の仲間。つまり自分を苛めた連中だった。まだ学生だという船井を除いて、ほぼ全員が会社員という道を選んだらしく、チノパンにポロシャツという平凡だが破綻のない姿形《なり》をしている。女は三人来ていたが、真希はグループに入れてもらえなかったから、名前も覚えていない。皆、勤めているらしく、スーツやワンピースを着てちゃらちゃらと気飾っていた。女たちはそれまで仲良く話していたが、真希を見て一瞬顔を見合わせた。船井は座の中央で胡座《あぐら》を掻いている。黒地にハイビスカスが咲いている鮮やかなアロハを着ていた。船井は真希を呼んだ。

「おい、宮本さん。こっちだよ。こっちに座って」

真希は船井と並んで真ん中に座った。

「宮本さんは滅多に来ないんだから、メインゲストだよ」

誰かが言い、ピッチャーからビールが真希の持ったグラスにどぼとぼと注がれた。その口調に揶揄《やゆ》が籠もっていないとは言えなかったが、真希は気にしないように努めた。真希が口を付けると、「いっきいっき」と女の子が囃したてた。が、男たちがしんとしているので気を殺《そ》がれたのか尻窄《しりすぼ》みになった。それ以降、女たちは三人で海外旅行の話を始めてしまった。

「あたしが来て、しらけたんでしょう？」

真希は船井の口髭の下に隠されたふっくらした唇を見つめて尋ねた。こいつの口から洩れる言葉で傷付いたのだ。責めてやる。

「しらけたんじゃなくて驚いたんだよ。宮本さん、クラス会、今度が初めてでしょう」

「そうだよ」

「何で来ないんだよ。うちのクラス、立川小の中では結構やってる方なんだよ」

真希は返事をせずにビールの泡を舐めた。酒は嫌いじゃないが、仲間がいないので滅多に飲むことはない。思い切って出席して良かった。真希の相手は船井にさせてしまおうと思ったのか、それまでお義理でこちらを向いていた男たちがそれぞれの話を始めた。

「何で来ないって言われても、誰も呼んでくれなかったじゃない。あたし苛められてたしさ。あきまへーんとかからかわれて」

一瞬、皆が緊張し、妙な間があった。

「あれは大阪から転校してきたから、ふざけただけだよ」

「ふざけるほうはいいんだろうけどね」真希は言葉を切り、船井の赤くなった顔を見据えた。「言われるほうはたまんないよね」

「すみませんでした」船井は顎を突き出すように謝った。「悪気はなかったんだよ。皆、転校生って興味あるしさ」

「そうかな。あたし、あんたたちの苛めで暗くなったよ」

船井が口髭に付着したビールの泡を指で落とす。

「あんた、来た時から暗かったよ」

「それ、どういうこと?」真希は憤然とした。それまでの輝かしい人生を変えた張本人に言われる筋合いはない。「あたし、暗くなかったよ。大阪じゃねえ、楽しかったんだから」

「暗かったよ」船井は繰り返す。「別に暗くたっていいけどさ。あんた怖かったよ」

「怖い？」

クラスメートたちは真希と関わり合いになりたくないのか、それぞれ当たり障りのないことを喋っていた。船井はおずおずと真希の目を見た。

「俺たちが似非《えせ》大阪弁を喋ると、あんたの目が据わるんだ。だから、からかうのだっていつの間にかぴたっと止んだじゃないか。覚えてないの」

「あたしが喋る大阪弁を真似するからじゃない」

「あんた、大阪弁なんて一言も喋らなかったよ。方言の授業で先生がやれって言った時も机に突っ伏してたじゃない」

そうだっけ。物心ついてから大阪で過ごした真希は、家以外ではほとんど大阪弁だった。喋らなかったのは緊張していたからか。真希は驚き、ジーンズに包まれた太股を見つめた。それは肉でぴんと張り詰めている。いつも張り詰めた自分。

『あんた、喋ったらこうなるで』

突然、あの男の声音が耳元で蘇った。真希はぶるっと震え、ぼんやりしたまま立ち上がった。おい、どうしたんだよ。船井が何か言ったが、真希は「失礼します」と一礼して飲み屋を出た。元の臆病な自分に戻ったことに気が付かなかった。

「そろそろお夕飯でしょう。ありがとう。ずっとその洋服使うてね」

鈴木さんが自分に言う。うん、と真希は頷いたが、気もそぞろだった。なぜなら、金の指輪をした男がテーブルの下からテープレコーダーのようなものを取り出したからだった。真希は指さした。

「あれ、何やねん」

「どうでもええやろ」

鈴木さんが真希の目を遮るように男と真希の間に立った。その時、ソファから男が立ち上がってこっちに向かって来た。にこにこしていた。それから何が起きたのかわからないほど、一瞬の出来事だった。男はいきなり鈴木さんの顔を殴った。鈴木さんは悲鳴を上げてのけぞり、カーペットの床にどんと尻餅をついた。鮮血が飛んで来て真希の金魚の服にぴっととかかった。鈴木さんは横たわったまま、鼻からだらだら流れる血を手で押さえて呻いていた。男は振り向いて、真っ青な顔でぶるぶる震えている真希を見た。小さな細い目がすぼんだ。

「あんた、喋ったらこうなるで」


真希は汗を掻きながら、湿った夜気の中を歩いている。重いジーンズは脚に絡み付き、Tシャツの背が汗で濡れた。太った肉の折れ曲がるところに汗が溜まる。溜まった汗は汗疹《あせも》を作る。不快だった。だが、真希はあてどなく暗い住宅街をうろついている。一気にこれまでの記憶が現れ出て来て、持ち切れないほどだった。とっくに許容量を超えている。そう思った時、自分の記憶の許容量が極端に少ないことに気付いた。今まで何も考えてこなかったからではないか。真希は生まれて初めて「自分を考える」という作業を始めた。

あの時、母親に鈴木さんの客のことを詳しく言わなかったのは、鈴木さんを裏切る気がしたのではなく、あの男が怖かったからだった。あの最後の出来事以来、自分は記憶を封印した。金魚の服の黄色い染みは、紛れもなく鈴木さんの血だ。

それにしても、どうして自分が鈴木さんに選ばれたのだろうか。兄の言葉が蘇った。『俺の妹だっていうの隠してたくらいなんだぜ』『滑稽な服』。兄は自分が金魚の服を着ていなくても、妹だということを周囲から隠そうとしていた。マンション横の駐車場で兄が野球をしている時に話しかけると、しっと舌打ちして無視された。学校でも知らん顔をしていた兄。『あんた、来た時から暗かったよ』。船井の言葉。なぜ、皆は自分を嫌うのだ。

鈴木さんをスーパーで見かけると、自分はよくまとわりついて歩いた。鈴木さんの部屋に入りたくて仕方がなかった。あのマンションで唯一、鈴木さんが自分に声をかけ、優しくしてくれたからだった。だからあの日は嬉々としてついて行った。皆が自分と遊んでくれないから。六階の部屋から見下ろすと、友達が遊んでいる。慌てて降りて行く。ところが皆、どこかへ散ってしまっていない。あれ、どうしたんだろう。探す自分。友達は木の陰に息を潜めて隠れている。友達の家に遊びに行くと、塾だから、ピアノに行くから、と断られる。皆、わざとそうしていたのだ。真希は立ち止まり、力一杯地面を踏んだ。コンクリート舗装された地面は真希の足裏をいとも簡単に跳ね返し、腰に衝撃を与えた。無駄なこと。抵抗してもどうにもならない無駄なこと。真希は道路に蹲《うずくま》る。通行人が気味悪そうに真希を見て、足早に去って行く。

大阪でも東京でも同じ、苛められっ子の自分。何がそんなに他人の憎悪を掻きたてるのだろうか、真希はどうしてもわからなかった。太っているからか、鈍いからか、おどおどしているからか、はっきり言わないからか。真希は鈴木さんの容貌を思い出している。下膨れの優しい顔。なのに、母は意外なことを言った。『変な人だったねえ、会うといつもへらへらして』。自分の覚えている鈴木さんは、とてもいい人だった。でも、溶けたアイスクリーム。鈴木さんは、店で買うと付いてくる木のへらしか渡してくれなかったから、掬《すく》えなかった。雑なまつり縫い。鈴木さんも自分と同じだったのかもしれない。鈴木さんは、似た自分を本当は嫌っていたのかもしれない。だから選んだ。真希は暗い道を獣のような声を上げて走った。真希の叫び声に呼応したかのように、道路脇の槐《えんじゅ》の葉がわさわさと揺れる。真希は立ち止まり、最近植えられたばかりの貧相な樹木の列を見上げた。

先にコンビニの明かりが見える。真希は勢いよくドアを開いた。母親の姿は見えない。ヒロユキの父親がレジの前に座り、スポーツ新聞を読み耽っていた。真希は店内を見回す。雑誌の棚の前に数人の若い男が立ち読みをしていた。ヒロユキが菓子の棚の下に蹲ってマンガを読んでいる。真希は近寄って話しかけた。

「あなたヒロユキ君でしょう」

何だよ、と顔を上げるヒロユキをじっと見て、真希はしばらく何も言わなかった。片目をすぼめることもしなかった。ひたすら、にこにこ優しく笑い続けた。

「何だよう！」

ヒロユキが粗暴な仕草でマンガを閉じ、立ち上がった。真希はレジを窺う。父親は何も気付かないでスポーツ紙のページを繰っていた。真希はヒロユキに囁《ささや》いた。

「あたし、あなたのお母さんよ」

「僕のお母さん、いるよ」

大声を出しかけたヒロユキをしっと黙らせ、真希はヒロユキの痩せた肩を両手で押さえた。

「本当は違うの。ごめんね。また会いに来るから」ぽかんとしているヒロユキに更に念を押す。

「このこと誰にも言わないでね。わかった？」

呆気にとられたヒロユキが思わず頷いてしまうのを見て、真希は安心したように笑ってみせる。

「でもさあ」ヒロユキが唇を尖らせた。「お母さんは」

真希は遮った。

「あんたのお母さん、いつも怒ってるでしょう。あれは本当のお母さんじゃないからよ」

ヒロユキははっとしたらしい。慌てて救いを求めるようにレジにいる父親を振り返った。真希は見せまいと間に立ちはだかった。

「本当はあたしが産んだのよ。あんたのお母さんが邪魔するから会いに来られないだけ。可哀相だと思わない？」

ヒロユキは改めて真希の姿を見て、不信を露わにした。汗が流れている首筋、ビールで赤い顔、太った体。真希は腹立たしくなって思わずヒロユキの腕の肉を抓《つね》っていた。

「あんた、喋ったらこうなるで」

体を捻って逃れたヒロユキがレジの父親の元に駆け込むのを見て、真希はゆっくりドアを開けた。

ルビー

登喜夫はイアンさんが羨ましくてならなかった。猫を飼っているからだ。公園の猫どもは、食べ残しの弁当で釣っても寄る気配さえないのに、イアンさんの段ボールハウスに居着いた雌の三毛猫は、イアンさんの後を鳴きながら付いて回る。

「どうやったら猫を手なずけられるんですか」

登喜夫はイアンさんに尋ねた。万年床を陽に当てるために、段ボールハウスの天井を外していたイアンさんは登喜夫の方を見ずに言った。

「愛情、愛情」

我が物顔に煎餅布団の上に乗っかった三毛猫は、突然頭上に現れた青空に目を細めている。

「愛情は溢れるほどあるんだけどなあ」登喜夫は首を傾げた。「俺、猫好きだもん」

「女と同じ。まだ足りないんだよ」

話を聞いていた酒井さんが混ぜっ返し、笑い声が響いた。十月の朝、久しぶりの好天気に誘われて布団を干したり、ハウス周囲の掃除をしたり、ホームレスたちは朝から忙しい。酒井さんはカセットガスコンロに鍋をかけ、昨夜のうちに拾い集めたコンビニのお握りをほぐし入れていた。

これから朝食なのだろう。ゲンちゃんと呼ばれている歯のない爺さんは、ハウスの周囲を丁寧に掃き掃除した後、焼酎をちびちび飲み始めた。山さんは皆より少し離れて建てたハウスの前に折り畳み椅子を出し、駅で拾ってきたスポーツ新聞に読み耽っていた。この甲州街道脇の公園に出現した段ボールハウスは全部で五個。車の音がうるさいのが難点だが、小さな公園にはトイレも水道も完備してベンチが三つもある。暗渠《あんきょ》に沿った木立の陰にひっそりとあるため、人目に付かないのが何よりも有難かった。

登喜夫はシケモクを探して暗渠の上の遊歩道を歩いた。目の端に異様なものを感じた登喜夫は顔を上げた。一番道路際のベンチに赤と黄色の塊がある。二十代初めと思《おぼ》しき女が上体だけを横に倒して眠っていた。赤い長袖Tシャツに赤いジーンズ。黒い厚底の靴は埃まみれだ。金色に染めた髪は根本が黒くなっている。登喜夫は前に立って女の顔を観察した。少し出目気味の瞼がぷっくり膨らんで、鼻が低く唇が分厚い。色黒なことから東南アジア系の顔のようにも思えた。眉が薄く、下手糞なアイラインが掠《かす》れて瞼全体が黒ずんで見える。どちらかというと薄汚い印象ではあったが、女を眺めているうちに登喜夫の体が熱くなってきた。いいなあ、女って。可愛いなあ。思わず抱き締めたい衝動に駆られる。気配を感じたのか、女が目を覚ました。登喜夫は慌てて立ち去ろうとしたが、女と話したくて足が動かない。女は子供のように両の拳で目を擦り、ぼんやりとした様子で登喜夫を見上げた。

「そんなところで寝てると風邪引くよ」

登喜夫はできるだけ優しく言おうとしたが、言葉端に引け目が出るのはどうしようもなかった。

誘ったところで俺は部屋もないんだ。そんな思いがどうしても拭えない。女は何も答えず、背中に回した大きな黒いバッグのポケットを不器用そうにまさぐった。

「財布、盗まれてない？」

「大丈夫だよ」

女の無愛想な低い声に意気阻喪し、登喜夫はさっさとその場を離れた。自分が公園のホームレスだと知られたくなかった。

登喜夫は道路に出ると、いつものように図書館で時間を潰そうと、手に持っていたスーツのジャケットを羽織った。近頃、ホームレスが時間を潰すのを防ぐために、図書館のチェックが厳しくなったからだ。しかし、そうでなくても登喜夫はスーツ姿でいることに何となくこだわっている。全共闘崩れで小理屈ばかりこねるドロップアウター、イアンさんや、借金取りから逃れているという噂の山さん、根っからの放浪者である酒井さんやアル中のゲンちゃんとは違う、れっきとした勤め人だったという矜持《きょうじ》が捨て切れないのだ。

登喜夫は今年で三十二歳。霊園のセールスをしていた。だが、霊園と一緒に紀州の梅干しを売るように強制されてから、仕事が辛くなった。上司と喧嘩して辞めてしまったのが一年前。辞めた当初は、暫く失業保険で食べて遊び、仕事探しはその後でいい、と意気軒高だったのだが、たちまち現実の厳しさに挫折した。不況で次の仕事がなかなか見付けられないうちに、月七万の家賃を払えなくなってしまったのだ。最初はビジネスホテルやカプセルホテルに泊まっていたが、金が続かなくなってホームレスになったのが半年前。零落した思いと情けなさもすぐに消えた。

なればなったで、ホームレス暮らしは思ったより気楽だったのだ。

見よう見真似で段ボールハウスを組み立て、鍋釜を手に入れて拾った布団にくるまる。一日寝ていても誰にも文句を言われない。エサも生活必需品もすべて拾いもの。まるで原始の採集生活をしているような言い知れない解放感があった。しかも、格好の場所が見付かって仲間にも入れて貰えたし、毎日図書館に行って本を読んだりCDを聴いたりしていれば教養も付くし、時間も潰せる。コンビニで期限切れの弁当を拾ってくるのだけは抵抗があったが、手持ちの金が尽きればもう慣れるしかない。

ただ、時々襲ってくる寂しさだけは如何ともし難かった。地べたに寝ているとじんわりと体が冷えてくる。見回せば段ボールの壁。六畳一間のアパートで家具らしい家具もなかった味気ない暮らしではあったが、それでも生活空間にいるということだけで、人間は強く支えられているらしい。これから先どうなるのだろうという不安と孤独。その侘びしさと悲しさが、人肌の温《ぬく》もりを欲して登喜夫を狂わせそうになる。だから、猫と一緒に暮らしているイアンさんが羨ましくてならないのだった。何かに愛情を注ぎたくて堪《たま》らない。こんな切なる願いが自分の中にあるとは、ホームレスになるまでわからなかった。だが、アパートを借りるには金を貯めなくてはならないし、そのためには仕事を探さなくてはならない。住所不定となった今、仕事探しは以前より遥かに大きな障害を抱えていると言っても過言ではない。

図書館では、中年の女職員があからさまに嫌な顔をした。登喜夫が毎日やって来て、閉館までいるのでホームレスだと薄々わかっているらしい。登喜夫は素知らぬ顔で真っ先に洗面所に入った。水道で顔を洗い、トイレットペーパーで拭く。胸ポケットに入れてある歯ブラシで歯を磨き、鏡を覗き込んだ。どんなに服装に気を付けていても、やはり垢じみてきていた。ブルーのワイシャツはいくら水洗いしても脂染みが取れず、襟が黒ずんでいる。チャコールグレイのスーツも、袖口や襟がくたびれて貧相に見える。そろそろ、この格好も駄目だなあと登喜夫は呟き、いつも根城にしている資料閲覧室に向かった。

午前中は閲覧室で新聞や雑誌を眺め、昼時は食堂で菓子パンと牛乳。その後、玄関脇の椅子で午睡をして、ビデオを見たり、CDを聴いたりして閉館までいる。司馬遼太郎も藤沢周平も読破したし、ミステリーの新刊もいち早く読んだ。ドストエフスキーは読み始めてすぐに眠くなったからやめたが、夏目漱石や芥川龍之介など、教科書に載っている本は系統だって読むことを自分に課している。ビートルズもローリングストーンズもほとんど聴いたし、クラシックの名曲も概《おおむ》ね網羅した。だが、こんなに教養を付けても社会に出ないことには役立たないのではないか。焦りを感じた時は落ち込むが、こうして図書館に入り浸っている自分も、何となく格好いいような気がして悪くないと思っていた。

「臭えなあ」

呟きに似た声が耳に入り、登喜夫は冷や汗を掻いた。さり気なく自分の服の臭いを嗅ぐ。多少汗臭いが四日前にサウナに行ったからまだ大丈夫のはずだ。いや、自分で思い込んでいるだけなのかもしれない。四人の仲間の饐《す》えた体臭を思い出し、登喜夫は急に自信を失った。声のした方をそっと振り向く。男子高校生が、明らかにホームレスとわかる汚れた男に尖った視線を投げかけていた。良かった、俺じゃない。男は気弱そうに、おどおどと玄関から出て行った。登喜夫はさり気なくその場を離れ、今にああなるのではないか、と戦《おのの》いて男の後ろ姿を目で追ったのだった。気分が挫《くじ》けていた。

日暮れてから公園に戻って来ると、赤い服の女はまだベンチに腰掛けて煙草を吸いながら携帯電話で誰かと話していた。右手に携帯、左手にセーラムライトの箱を持った女はのけぞって笑い、そのまま欅《けやき》の枝の間から覗く空を眺めている。

「ねえねえ、星が二つくらい出てきてさあ。綺麗なんだよー。うっそじゃないって。ほんとだよ」

ベンチの周囲には、吸い殻が沢山落ちていた。いずれも長く、まだ充分吸える。夜露に濡れる前に、仲間に取られる前に、拾いたい。それに女が吸った煙草だから価値があるような気がする。どうせ、この女が俺を相手にする訳がないんだから見栄を張ることもない。図書館での挫けた気分がまだ続いていた。登喜夫は思い切って拾い集め始めた。気付いた女が居心地悪そうに足を揃え、「じゃあね」と急に携帯を切った。

「すんませーん」

どうやら登喜夫が公園を清掃していると思ったらしい。

「これ、俺が吸うんだよ。いいだろ」

女は驚いたらしく、息を呑んだ。

「だったらこれ吸えば」

箱を差し出す。改めて顔を見ると、狸のようなとぼけた表情をしている。登喜夫は礼を言って隣に座った。女が火を点けてくれる。登喜夫は煙を吐き、思い切って言った。

「俺、ホームレスなんだよ。そこの段ボールハウスに住んでてさあ」

女は植え込みの奥に見え隠れするブルーのシートを掛けた段ボールハウス群にちらと目を遣り、それから登喜夫の格好を眺めた。登喜夫は駅で拾った夕刊を丸めて持っていた。

「そうは見えないよね。リーマンみたい」

「これは俺の最後のプライド」

登喜夫は嬉しくなって自分のスーツを指さした。

「あたしも宿なし。あたしのアパートに痴漢みたいな変な奴がいてさ。そいつが付きまとうからうざくて出たの。もう二カ月帰ってないよ」

「荷物どうしたの」

「友達のところに置かせて貰ってる。電話は携帯で済むし、あちこち泊まり歩いて、これはこれで楽しいよ」

多分、男の部屋に違いない。泊めてくれる男と寝まくってんだろ。この女を引っかけられるかもしれないと登喜夫の胸が高鳴った。俄《にわか》に唾の湧き出た口で尋ねる。

「今日はどうすんだよ」

「あんたのハウスに泊めてよ」

やった。登喜夫は慌てて念を押した。

「段ボールだぜ。いいのかよ」

「いいよ。一度泊まってみたかった」

女は楽しそうに立ち上がった。その表情にほっとした色が浮かんでいる。だが、待てよ。登喜夫は急に困惑して、ベンチで考え込んだ。仲間の存在を思い出したのだ。物音がすべて洩れる段ボールハウスで、どうやってこっそりセックスできるというのか。仲間のやっかみが怖かった。特にリーダーを任じている隣のイアンさんなんか、「俺が先だ」と言いだしかねない。

「どうしたの。行こうよ。あたし平気だよ」

女は小柄だった。だが、胸が大きく腰が張っている。その上に小さな狸顔があって悪くない。躊躇《ちゅうちょ》しているうちに女の気が変わるかもしれない。そっちの方が怖い。登喜夫は弾かれたように立った。

膝の上に猫を乗せたイアンさんと紺のキャップを被った酒井さんの二人が、ハウスの前で夕食を食べていた。二人の前には弁当が幾つか積まれている。二人が共同でシマにしている近所のコンビニのゴミ箱から拾って来たのだ。このシマには登喜夫は入れて貰えない。たまに余った弁当をくれることもあるが、自分のエサは自分で探すのがホームレスの掟《おきて》だ。ゲン爺さんは酒集めを主目的としているから、笹塚方面の飲み屋街に向かって明け方出かけて行き、瓶に様々な種類の酒を詰めて戻って来る。きっと今朝飲んでいた酒も焼酎の瓶に入っていたが得体の知れないミックスカクテルに違いなかった。山さんもコンビニ弁当を食べているが、すべてに秘密主義なのでどこでどう調達してくるのかはわからなかった。イアンさんが、おっという顔で女に目を遣った。

イアンさんの驚きを感じてか、猫が膝から飛び下りる。

「姉ちゃん、弁当食べるかい」

さり気なく幕の内弁当を指さした。登喜夫は気が気じゃない。

「お腹空いてないの」

「へえ、じゃこっちおいでよ。話そう」

イアンさんが手招きすると、女はふらふら行きそうになった。イアンさんは五十過ぎだが、目が鋭くてどことなく人生哲学を感じさせる風貌をしている。登喜夫は女を取られまいと女の腕を取った。若いせいか、肉の詰まった感じがした。それだけで心が高鳴る。

「俺のハウスに泊まるんじゃなかったの」

「あ、そうだったね」

だが、女は別に登喜夫のハウスでなくても泊まれると思ったのだろう。曖昧な顔をして頷いた。登喜夫は女の態度に怒りを感じながら、急いで自分のハウスの扉を縛り付けているビニール紐を解いた。女を先に中に入れてから振り返ると、イアンさんと酒井さんが興味津々で登喜夫のハウスを眺めていた。

「早く脱げよ」

登喜夫は女がイアンさんに嬌態《きょうたい》を見せたことが気に入らず、耳許で乱暴に囁いた。

「何、それ。何でそんな偉そうに言うのよ。あったまくんなあ」

女は唇を尖らせた。しまったと思った時は遅かった。女は登喜夫の段ボールハウスから出て行ってしまった。イアンさんの喜ぶ声がする。

「おお、こっちおいでよ。姉ちゃんなんて珍しいよなあ。なあ、酒井さん」

女に会うとたちまち無口になる酒井さんまでもが、へへへと愛想笑いしている。

「姉ちゃん、ルビー・モレノに似てるねえ。知らないか。フィリピンの女優なんだよ。そうだ。これからルビーちゃんて呼ぼうよ。うちの猫はモンちゃんだからちょうど釣り合いが取れるわ」

「何でモンちゃんと釣り合いが取れるの」

「モンちゃんのモンは、ダイヤモンドのモンだからさあ」

何、それえ。女の笑い声。糞ったれ。肝心のところで焦って女に逃げられた登喜夫は、ジャケットを乱暴に脱いで布団の山に載せた。登喜夫の段ボールハウスは狭い。畳一畳あるかなしかで、屈まなければ頭が天井に支《つか》える。登喜夫は蠟燭に火を灯し、その灯でさっき拾った女の吸い殻に火を点けた。

「俺の名はイアンだよ。そっちは酒井さん」

「どうしてイアンなの。外人の名じゃん」

「いい質問だねえ。あのねえ、アーチストから取ったの。言ってみな、イアンて名の付くアーチスト。そうか、知らないか。よく言われるのはイアン・ギランね」

「ディープ・パープルだあ」

「おお、よく知ってるじゃん。そうそう『スモーク・オン・ザ・ウォーター』ね」

イアンさんが下手な英語で歌い出す。スモォーコンザワーラー。きゃはは、へったくそだねえ。

女の嬌声。楽しそうだった。この得意ネタを聞かされたがために、登喜夫は図書館でディープ・パープルを探して聴いたことがあった。登喜夫の好きなグレイやビーズと違って素朴な音楽だと思ったが、イアンさんにうっかり言えば、滔々《とうとう》とまくしたてられるに決まっていたから黙っていた。

「他にいないか。イアンが付く奴」

クイズに答えるように女が叫んだ。

「ジャニス・イアン」

「ジャニスと言えば、俺の世代はジャニス・ジョップリンだ」

「何だ、それ」

女が合いの手を入れ、酒井さんの楽しそうな笑い声が重なった。

「何だそれ、はねえだろ。ああ、酒飲みたくなってきたなあ。おい、酒井さんよ。これで買ってこいよ」

酒井さんが使いっぱとなってコンビニに走ったらしい。多分、安い焼酎でも買いに行ったのだろう。二人きりになったイアンさんと女の会話に耳を澄ませる。

「俺のイアンはイアン・フレミングから取ったんだよ」

「知らないなあ」

「作家。ダブルオーセブンの生みの親」

「じゃ、アーチストじゃないじゃん」

「作家もアーチストなの」

「おじさん、何でホームレスなんかやってるの」

「ルビーちゃん、いい質問だねえ。それはですねえ、おじさんが二十歳の時にねえ、三里塚闘争っていうのがあってね。そこでおじさんは機動隊と喧嘩して大火傷したの。ほら」

これは背中の傷を見せているところだ。過去の話をしたがらないホームレスの中で、イアンさんの話し好きは特異だった。登喜夫は焦れったくなってジャケットを手にして外に出た。排気ガスを含んだ夜気はしんと冷えていた。新聞紙の上に胡座を掻いたイアンさんが手を振った。

「登喜夫、こっちに来いよ」

登喜夫は構わずその場を去った。段ボールハウスの中で疎外感を持ちながら皆の会話を聞いているのも嫌だし、仲間になって話すのも嫌だった。女に逃げられたことが朝の会話を思い出させていた。「女と同じ。まだ足りないんだよ」。猫も寄りつかない男になっている。それはもしかして、自分が弱いせいだ。今に酒井さんのように自分の殻に閉じこもり、放浪するしかなくなるかもしれない。そんな登喜夫を慰めてあげる、とばかりに夜の街が誘っているような気がした。


駅前のコンビニに入ったり、住宅街を彷徨《さまよ》って虚しい時間を過ごしてきた登喜夫がハウスに戻って来ると、しっと鋭い舌打ちがした。植え込みから山さんが現れた。中肉中背。薄くなりかけた頭髪を白いキャップで隠している。借金取りから逃れているという話で、名前も歳も教えてくれない。いつも頭を下げて他人と視線を合わせないようにしているのだが、たまさか上げる目付きは鋭いというよりは卑しく、手薄な場所を見極めてはそこに逃げ込もうとしているように見えた。

「登喜夫、静かにしな」

「はあ」山さんは登喜夫の腕をしっかり握った。その手が微かに震えている。「今、イアンさんのハウスに女がいるんだ。皆で覗くことになってる」

「いいんですか」

「いいんだよ。イアンさんが言ったんだから。灯りを点けとくから窓から覗けって」

イアンさんのハウスは凝《こ》った造りで開閉式の窓が付いている。その窓の隙間から中を覗こうということらしい。山さんは登喜夫の腕を摑んだまま、イアンさんのハウスに忍び足で近付いた。すでに酒井さんが窓にへばりついていた。ゲン爺さんの姿はない。登喜夫は唾を飲み込んでから、ハウスの横に立った。掠れた喘ぎ声が聞こえた。

「可愛いおっぱいだなあ」

イアンさんの声。餅を搗《つ》くような、膚を撫で回す音がする。やだあ、と可愛いルビーの囁き。登喜夫の心臓がたちまち激しく打ち始めた。

「足広げてごらん」

「やだよ、恥ずかしいもん」

慌てて男三人は首を伸ばした。一番下に酒井さんで次に山さん、背の高い登喜夫は一番上だった。イアンさんのハウスは登喜夫のハウスの一・五倍はあるし、立って歩けるほどの高さもある。

懐中電灯の光があちこちに跳ねた。イアンさんが小さな懐中電灯を手に持ってルビーの体を照らし出してくれる趣向らしい。いきなり真っ白な肩が目に入った。ルビーの顎の辺りと肩、そこに光が当たっている。期待通り、光が胸に移った。大きなおっぱいが目に飛び込んできた。乳首が小さくて可憐だった。ピンクじゃん、凄いなあ。顔は黒いのに膚は真っ白だ。登喜夫は目の前がくらくらした。ルビーが、自分が初めに誘った女だという事実も、家出中の変な奴だということも忘れ、ただ圧倒的魅力を持った女体がそこにあることに興奮していた。ルビーの小さな乳首をイアンさんの無骨な茶色い指が摘《つま》む。ルビーが身悶えした。

「感じるの？」

「うん」

片手で懐中電灯を持っているため、両手が使えない。イアンさんは愛撫の手を左側の胸に移した。同じように乳首を摘み、それから屈んで口に含んだ。自分が同じことをしたい。登喜夫の股間が固くなる。他の二人も同様と見え、上下でそわそわしているのがおかしい。やがて、光がそろそろと下に移動した。窪んだ臍と、やや肉のついた腹。そして鬱蒼と茂る陰毛が光に輝いた。あっと漏れ出る声を自らの手で押さえ、登喜夫は見つめ続けた。ルビーの両脚が広げられたが、イアンさんの大きな頭が邪魔で見えない。三人の男は苛立ってそれぞれに立つ位置を変えた。イアンさんが舌打ちして身を屈めた瞬間、ルビーの性器が一瞬だけ光に現れ、すぐ闇の中に消えた。イアンさんが懐中電灯を手放したせいだ。毛布を敷いた床に転がった懐中電灯の光はルビーの脇腹しか照らさない。

「変だなあ」

「どうしたの」

「久しぶりだからなあ」

どうやら役に立たないらしい。白けたルビーが上半身を起こしてイアンさんを見た。イアンさんが懇願している。

「舐めてくれよ」

「やだあ。お風呂入ってないでしょう」

「さっき洗ったよ」

「お風呂じゃないでしょ。水道でしょ。あたし舐めるのは嫌だよ」

ルビーが冷たく言った。劣等感の強い酒井さんが身を竦めた。自分が責められたように感じたのだろう。


登喜夫は一瞬だけ丸い光が当たったルビーの性器を思い出し、植え込みの陰でオナニーをした。輝く陰毛、サーモンピンクの小さな肉。果てると罪悪感に似た感情を持て余しながら、水飲み場の水道に下半身を押し付けて洗った。他人に見られたら恥ずかしい。だが、がさがさと植え込みから山さんが現れた。登喜夫は慌てて下半身を隠した。

「センズリこいたんだろ。登喜夫」

「ええ」

「俺も今、オナニーしたんだ」

その手を水道でごしごしと洗う。登喜夫は薄汚いものを見る思いで山さんのにやにや笑いの浮かんだ横顔を眺めた。仲間とはいえ、この男があまり好きではない。

「イアンさんも面目丸潰れだよなあ。肝心な時に立たねえんだもの」

「皆が見てたからじゃないですか」

「違うよ、できねえんだよ。イアンさん、口ほどにもないよ。俺の方が凄いよ」

山さんは意地悪そうな顔でにやりとした。

その晩、ルビーもイアンさんも寝てしまったのか、ハウスから一歩も出て来なかった。何か聞こえやしないかと耳を澄ませるのにも疲れ、うとうとし始めた夜明け、にゃあっという鋭い猫の鳴き声で目が覚めた。ハウスの段ボールの壁に何かが擦れる乾いた音がする。扉を開けると、イアンさんの三毛猫がするりと入って来た。寒いのか登喜夫の布団に潜り込もうとする。

「お前、こっちに来たのか」

さすがに馬鹿らしくなって登喜夫は猫の襟首を摑むと外に放り投げた。もう猫なんか飼いたくもなかった。ルビーしか要らない。今ここにあの女がいたなら。登喜夫は身悶えしながら薄い夏掛けを足の間にたくし込んだ。

翌朝、顔を洗おうと水道に行くと、ルビーが髪を洗っていた。朝の光に金髪が輝き、その奥の黒い毛が濡れている。懐中電灯の淡い光に照らされたルビーの陰毛を思い出し、登喜夫の股間がまたしても固くなった。助平な女だと蔑む気持ちと、体を見せて貰ったのだからいいではないかという相殺する思い。いや、どうしても自分と一度寝てほしいという願いが同時に襲って来て、登喜夫は困惑して立ち竦んでいる。ルビーが気配を察して振り向いた。

「お早う。昨日どうしたの」

「外でエサ探し」

ふうんとルビーは頷き、「悪いけど、そこのリンス取って」と指さした。登喜夫は水飲み台に置いてあるリンスを手渡した。コンビニにあるような安物だった。

「ああ、冷たい。真冬は皆どうしてる訳」

「知らない。俺もホームレスになったの、この四月からだから」

後ろから肩を叩かれた。

「ちょっと」

イアンさんだった。こっちに来い、というように顎をしゃくっている。登喜夫は素直に従った。イアンさんの手にコンビニのチキン弁当が見えたからだった。案の定、イアンさんはルビーの目から逃れると弁当を手渡した。

「これでも食ってくれよ。先にやっちまって悪かったな」

やれなかった癖に。登喜夫の中に嘲笑う気持ちがあった。冷たいチキン弁当一個で俺の機嫌を取ろうというのか。

「別にいいですよ。ルビーの意志なんだし」

「そのことなんだけどさ」イアンさんは登喜夫の肩を抱いた。側に寄ると、イアンさんの全身から加齢臭と体臭の入り交じった饐えた臭いがした。「ルビーちゃんのこと、お前、どう思う」

「どう思うって、どんなつもりでここにいるのかわからないし」

登喜夫は弁当の重さを量るように掌に載せてみた。これが俺の機嫌の対価だ。不能だったイアンさんを嗤《わら》う気持ちは次第に、女を取られた自分を嗤う気持ちに変わっていく。

「今朝方聞いたらさ、ルビーちゃん、行き場所ないって言うじゃない。それで山さんとさっき協議してさ、決めたんだよ。ルビーちゃんを共有物にしようってな」

「共有するんですか」

反感が思わず声を大きくした。だが、イアンさんはごく当たり前の顔をして笑っている。歯が黄ばんでいるのを見て、登喜夫は鏡を覗き込んで自分の歯を確かめたくなった。

「それしかねえよ」

「だけど、ルビーがどう思うか」

「お前、ルビーちゃんだってこのままじゃ危険だぜ。誰にどんな目に遭わされるかわかったもんじゃないよ。だから、俺たちが守ってやるんだ」

「守るんですか」

守ることが共有することになるのか。論理のすり替えに感じられたが、反論できなかった。いや、反論する必要もなかった。何より、ルビー自身が誰とでも寝るのだから。昨夜、自分のハウスから出て行った時のルビーの冷淡さ。それを思うと、ルビーに対しても腹が立った。

「そう。今夜はお前。明日は山さん。次は酒井さん。ゲン爺さんは女に興味ないから抜かした。お前が俺の次なのは、お前が連れて来た女だってことに敬意を払ってんだよ。で、見せてやった方がいいと思うなら灯りを点けてやれ。どうせ段ボールハウスだ。筒抜けなんだからさ。ま、今夜は蠟燭灯してくれや。俺も見たいから。ええな。嫌か」

イアンさんは登喜夫の目をじっと見た。秀でた額の下の小さな目が凄んでいる。

「どうしようかな」

「おう、登喜夫。迷うこたないだろ」

黙っていると、イアンさんが低い声で恫喝《どうかつ》した。

「嫌なら出てけ」

ここを追い出されたら、どこかの集落に入れて貰わなくては生きていけない。ホームレス狩りなどもあるから、まとまって暮らす方が安全なのだ。これから主だった公園に行っても場所さえ取れないだろう。登喜夫は目の前が真っ暗になった。リーダーであるイアンさんの言うことを聞かなくてはここにいられない。

「こんなとこにいたんだ」

ルビーが洗い髪をタオルでくるんで現れた。昨日と全く同じ格好をしている。

「それ、朝御飯？」

ルビーが登喜夫のチキン弁当を指さして、ポケットから煙草を取り出してくわえた。

「そうだよ」

「イアンさんに貰ったんでしょう」

あんたの弱さなんてわかってる、と言わんばかりの口調に登喜夫は項垂《うなだ》れた。イアンさんの言うことを聞かざるを得ない自分が情けなかった。


イアンさんに言い含められたのか、その夜、ルビーが登喜夫のハウスの扉を叩いた。開ける間もなく、勝手に入って来た。男が一人寝るだけのスペースしかない段ボールハウスは急に狭苦しくなった。アルミ缶を利用して作った蠟燭立てがノックの振動でまだ揺れ続けている。

「狭いね」

腰を屈めたルビーが、天井を見上げた。外からイアンさんが裂け目を作ったらしく、いつもより隙間風が入ってくる。そのことにルビーが気付かないように祈りながら、登喜夫は謝った。

「ごめん」

「謝ることないよ。やろうか」

腰を下ろしたルビーが赤いTシャツを脱いだ。下には黒いブラ。赤いジーンズのジッパーに手を掛け、窮屈そうに体を捻って脱ぎ始める。こいつは何を考えている。余程エッチが好きなのか。

登喜夫は上擦《うわず》った声を出した。

「イアンさんに何て言われたの」

「あんたがあたしに声かけたんだから、あんたと一度寝てやんなよって。それが仁義でしょって」

「それで来たのか」

「いけない？」

「ほんとにそう思ってるのか」

「思ってるよ。男の部屋に泊めて貰った時は礼儀でやるもん。女の時は掃除して帰る」

「じゃ、これから女の部屋にしろよ」

「それはあたしだってその方が気楽だけど、もう女友達も皆愛想尽かしたみたい。誰も泊めてくれないもん」

　ルビーはブラを放り投げて横たわった。段ボールを数枚敷いた上に、断熱材代わりに発泡スチロールのケースの蓋を切った物を敷き、その上にもう一枚段ボールを敷いただけの不安定な床だ。ルビーは膝を立てて目を閉じている。黒い下着が真っ白な膚に三角形に食い込んでいる。すぐ届くところにルビーが寝ている。甘酸っぱい体臭までが感じられるのに、登喜夫はどうしても手を出す気になれなかった。ほんの一メートル後ろに男たちのぎらつく視線が感じられてならないからだった。いずれ、それは息を殺した喘ぎに変わるだろう。自分が男たちの代わりにルビーを犯し、男たちの代わりに奇妙な体位を取ったり、体を開いて見せたりしなくてはならないのだ。ルビーが、ねえ、と登喜夫のパンツのジッパーを下げかけた。

「早くやろうよ。あんたと会った時からやってみたかったんだ」

「ほんとかよ」

「そうだよ。あんた親切そうだし、何か可愛かった」

その言葉を聞いた登喜夫は思わず蠟燭を吹き消していた。失望した男の誰かがどすっと軽く段ボールの壁を叩いたのを背中で感じたが、登喜夫は気にしなかった。

「声出すなよ」

「聞こえるから？」

「そう。みんな聞いてるよ」

「聞かせてやろうよ」

ルビーが囁いたが、登喜夫はルビーの口を手で押さえた。怒ったイアンさんや山さんが何をするかわからないと思ったのだ。登喜夫はルビーにキスした。喘ぎ声。まさぐる指が濡れた。昨夜、ルビーがイアンさんとキスしたり体に触らせたのかと思うと、訳もなく腹が立ち、どうしてか興奮する。ルビーが喘ぎながら言った。

「蠟燭点けてよ」

皆に見られるんだぜ、と囁こうとして登喜夫は、ルビーがそれを望んでいるのだと気付いた。昨夜のことも承知の上だったのだ。登喜夫は身を起こし、ライターで蠟燭に火を点けた。ぼんやりした光にルビーの小太りの裸身が浮かび上がる。薄目を開けて狭いハウスの天井を見るルビーの顔に淫乱な歓びがあった。背後でほうっと男たちがどよめいた気がした。男たちの欲望が周囲からじわじわと熱く迫ってくる。登喜夫はそのエネルギーに押されるようにルビーの上に重なった。ルビーが声を出すと、壁が微かに揺れた。全員でルビーを犯しているような気がする。登喜夫はあっという間に果てた。

裸のまま横になったルビーを置いて、登喜夫は小用のために外に出た。満月が出ている。公衆便所から出た途端、黒い影が二つ前に立った。イアンさんと山さんだ。酒井さんは面倒が嫌いなのか、こちらをちらちら横目で窺いながらハウスの前でゲン爺さんと何か喋っている。ゲン爺さんは端《はな》から女になど興味がないらしく、いつものように瓶から得体の知れない液体を飲み、とろけた目で新宿西口高層ビルのネオンを見上げていた。イアンさんが登喜夫の脇腹を肘で小突いた。

「おい、登喜夫。お前、何で最初に灯り消したんだよ」

「ルビーが可哀相だと思って」

「何が可哀相だよ。あんなスベタ、淫乱な豚じゃねえか」

山さんが口汚く罵《ののし》った。

「そんな言い方ないでしょう」

イアンさんが更に強く脇腹を突く。

「おい、お前そうやって情けかけるのおかしいぞ。情けかけて自分のものにしようっていうんじゃねえだろうな。みんなの共有物にするって決めたばっかじゃねえか。共有物は物でしかない。猫以下さ。それに、俺がお前を二番目にしてやったんだ。恩を忘れんなよ」

登喜夫は何も言わずにイアンさんを睨み付けた。

「今夜ルビーを山さんのハウスに寄越せ」

山さんが嬉しそうに頷いた。その目が月光を反射して卑しく光った。

「嫌だ」登喜夫は首を横に振った。「嫌です」

「あんな女に惚れたってか」

イアンさんが呆れたように叫んだ。

「そうじゃないけど、今夜は俺の番だって決まってるでしょう」

いきなりイアンさんが登喜夫の腹を拳固で殴った。息が詰まった登喜夫は体を折り曲げて耐えた。

「生意気言うんじゃねえよ。俺の言うことを聞けねえのなら、今すぐ女を置いて出てけ。お前が出て行かないなら、段ボール、上から潰しちゃるぞ」

はい、と返事をして登喜夫はハウスに戻った。ルビーは満足したのか眠っている。登喜夫はルビーを揺り起こした。

「ルビー、起きろよ」

「何で起こすんだよ」ルビーは生理的欲求を何ひとつ我慢できない質《たち》らしい。腹立たしさを露わにした。「やめてよ」

「山さんのハウスに行けってさ」登喜夫は言った。

「どうしてよ。山さんてあの暗い人でしょう。あたし嫌いだよ。あんなの」

ルビーが叫んだ。山さんに聞かれたな、と登喜夫は観念する。

「やらなきゃ駄目なんだ」

ルビーは薄目を開けた。

「何で。どうしてやらなきゃならないの」

「ここに居たいのならそうしなきゃならない。女は共有することになったんだ」

「何、それ」

ルビーは裸のまま飛び起きた。このハウスを皆が取り囲んで、自分とルビーのやり取りをじっと聞いているかもしれない。登喜夫はルビーの耳元で囁いた。

「ここにいるならそうしなきゃ駄目なんだ」

「変だよ、そんなの。あたしはあんたとならいいけど、イアンさんも嫌い。あのジジイ、立たないし、触り方下手糞だし」

「だったら、逃げよう」

「いいけど、携帯イアンさんに取られちゃったよ」

ルビーは悔しそうに言った。

「もういいよ、諦めな。俺も居られないから一緒に逃げよう。山さんのハウスに行く振りしてから、走って逃げろ」

「わかった。どこに行けばいいの」

「駅前のコンビニで待ってる」

ルビーはブラのホックを掛けながら頷いた。イアンさんの声がした。

「ルビーちゃん、おいで」

「はーい。ちょっと待って」

ルビーは愛想良く返事してTシャツを頭から被った。うんざりした様子を見て、登喜夫は勇気づけるように肩を叩いた。ルビーの目と目が合った。

「駅前のミニストップだ」もう一度念を押す。

登喜夫は暗闇の中で持ち出す物を素早くジャケットのポケットに入れた。床に隠してあった三万程の現金と携帯電話、免許証、シェーバー。拾い集めたポケットティッシュや鍋釜、電池やCDプレーヤーは諦めた。やっと準備ができて覚悟を決めた登喜夫は思い切って扉を開けた。目の前にイアンさんと山さん、酒井さんの三人が並んでいた。酒井さんが気弱そうに視線を避ける。イアンさんが猫撫で声を出した。

「ルビーちゃん、今度は一番端っこのハウスだよ」

「うん、わかった」

山さんが腕を取ろうとしたのを邪慳《じゃけん》に振り払ってルビーは歩きだした。ゆっくりした歩みだ。登喜夫はジャケットのボタンをかけ、イアンさんに言った。

「じゃ、俺はこれで。お世話になりました」

「行っちゃうの」

酒井さんが驚いたように顔を上げたが、登喜夫は肩を怒らせてルビーとは反対の方向に行く。

「あの馬鹿」。イアンさんが罵りと共に登喜夫のハウスをぐしゃっと潰す音が聞こえた。暗渠の上の遊歩道にイアンさんの猫が居た。登喜夫は猫に怒鳴った。

「どっかに行っちまえ」

猫は驚いたように植え込みに逃げ込んだ。

駅前のミニストップでいくら待ってもルビーは現れなかった。きっと逃げられなかったのだろう。ルビーは一人だけ逃げた俺を恨んでいるんじゃないか。登喜夫は居てもたってもいられず、公園に戻って外から様子を窺った。イアンさんと酒井さん、山さんの三人がハウスの前で談笑しているのが見えた。笑い声が響く。ルビーの姿がないから、やはり逃げおおせたのかも知れない。ということは、俺が振られたということか。落胆した登喜夫は、その夜なけなしの金を使ってサウナで一夜を明かした。

翌朝、引き寄せられるように段ボールハウスに行った登喜夫は、公園の入り口で啞然とした。ルビーが水道で髪を洗っていたのだった。昨日と同様、リンスを水飲み台に載せて。『蠟燭点けてよ』。ルビーの声が耳許で聞こえたような気がした。どうせ、あの猫もイアンさんのところに戻っているんだろう。登喜夫は遊歩道に唾を吐いた。

怪物たちの夜会

ことの善悪も考えずに、ただ、荒くれている。峰岸咲子はソファにだらしなく腰掛け、自分自身のことをあれこれ考えていた。憂鬱な気分だった。心の奥底に、制御しようのない、怒りの感情がある。怒りは深く、強く、すべてを破壊して回りたい猛々しさに満ちていた。その矛先は、田口裕作、田口の妻、田口を許してきた自分、このような状況を作った、自分たち二人が陥っていた恋愛という名の狂乱、すべてに向けられていた。田口と付き合うことを選んだのも自分なら、田口が選んだのも自分。選んだ者同士が、その選択を喜び合って絆を強固にしていく過程は、何ものにも代え難かった。幸福の絶頂から見えた景色が鮮やかで美しかったのも、その影が黒々としていたせいだろう。今、陽は翳《かげ》り、咲子はじわじわと伸びてきた黒い影に呑み込まれようとしている。

咲子は、田口からの電話を待っていた。だが、またも激しい口論になることは想像できた。夕方から点けっ放しにしているテレビは、喧しく音声と映像を垂れ流すのみで、咲子の目にも耳にも留《とど》まらない。しかし、待つ遣《や》り切れなさに堪えられない咲子は、テレビを消すことができなかった。どうしたらいいのだろうか。とにかく、田口と別れなくては、憎しみや恨みや、溜め込んだ一切の感情から逃れられないことはわかっていた。だが、足かけ九年にも及んだ田口との付き合いをどうやって断ち切ったらいいのだろう。別れようという決心は、田口のいない世界の空虚を思うと足元が震えるような心許なさに変わり、またぐるりと巡って最初から始まるのだった。どうしたらいい、どうしたらいい、と。地獄巡りだ。咲子は独りごちて煙草に火を点けた。煙草の吸い過ぎで口の中がいがらっぽい。夕食も食べていないが、食欲は全くなかった。やっと携帯電話が鳴った。ほっとして発信元を見ると、ルイ子からだった。

「咲ちゃん、何してるの」

ルイ子は、咲子と田口の不安定な状況を知って、心配を装った好奇心から電話してくるのだ。さんざんのろけたり、愚痴をこぼしたことも忘れ、咲子はルイ子の今の面白がり方が不快だ。が、感情を隠して丁寧に答える。

「何って、テレビ見てますけど」

咲子は腕時計に目を遣った。すでに午後十時半だ。田口は昼間慌ただしく電話をくれて、咲子の不機嫌を感じるや否や、十時にゆっくり電話する、と切った。田口がすでに約束を違え、しかもメールでも報せて来ないことに心が沈む。

「テレビなんか見ちゃって、仕事は大丈夫なの」

「今日は平気です」

「ねえねえ、それよっか田口さんとのこと、どうした」

とうとう本題に入った。ルイ子は、田口と咲子の共通の知り合いだった。ルイ子は十年ほど前に夫と離婚したのをきっかけに、フラワーアレンジメント教室を始めて成功を収めていた。女性誌のライターをしている咲子が、「離婚後の明るい女」という特集で取材に訪れたのが交友の始まりだ。その時の編集担当が田口。咲子はルイ子の取材がきっかけで田口とも付き合うようになった。ルイ子は咲子より十歳も年上だが、飛び抜けて捌《さば》けているので、何でも相談しているうちに、田口との経緯から現在の相克まで詳しく報告するはめになっていた。九年経ち、四十八歳になった田口は、別の女性誌の編集部に異動している。

「どうしたって言われても。最近はあまりうまくいってないです。金曜も早く帰るって言われたので、大喧嘩しました」

「だって田口さん、奥さんと別れて結婚するって咲ちゃんに言ったんでしょう」

それは事実だった。二カ月前、とうとう別れる決心を固めた咲子が、田口に部屋の合い鍵を返してくれ、と迫ったことがあった。田口はしばらく押し黙っていたが、鍵をテーブルの上に置いて出て行った。その後、咲子は田口のパジャマや歯ブラシを一気に捨てた。予想に反して、悲しみも虚脱もなかった。むしろ解放感に溢れ、やっと長いトンネルから抜けられたとほっとしたのだ。しかし、週明けには脱力し、激しく後悔した。予想通りだった。それは田口も同じと見えて、憔悴した表情で現れ、咲子に訴えた。「考え直してくれないか。女房とは別れるから、俺と結婚してくれ。あなたのいない人生は考えられない」

咲子は承知した。悪循環だとわかっていても、付き合ってさえいれば明るい希望が生まれそうな気がしてしまうのだった。ここを改めよう、あそこを直そう、と。咲子は田口に再び合い鍵を渡した。だが、鍵返還事件が起きた後の二人の世界は、以前とは少し様相を変えた。恨みが残っているのか、田口は咲子に対して温度を下げた。鈍い反応、誠意のない態度、それに苛立つ咲子。田口は、鍵は持っていても、泊まることを極力避けるようになった。別れ話が出ては必死に修復し、その度に絆がより強固になると思うのは、全くの幻想なのだ。むしろ結節が出来て捻《ね》じ曲がり、複雑な形に絡み合って更に諍《いさか》いを生む。

この一年間は、会えば必ずや不穏な空気になって別れ話にまで発展し、混乱の果てに和解、というパターンが飽きるほど繰り返されていた。怒りに駆られて別れ話を持ちだすのは大概、咲子の方で、「別れられない。一緒にいよう」と懇願するのが田口だった。さながら、咲子はドメスティック・バイオレンスを繰り返しては、その後、優しくなる夫、田口は激しい暴力に堪えても、この夫には自分が付いていなくては駄目になると尽くしてしまう妻、によく似ていた。愛情は存在するものの、二人が囚われているのは、互いが人生からいなくなったらどうしようという恐怖なのだ。共依存とはこういうことをいうのか、と咲子は苦笑することもあった。薬物やアルコールの依存から逃れるのが苦しいのと同様、人間関係の依存もまた断ち難い。

「結婚って、何度も言ってます。でも、決して具体的にはならないんです。後で聞くと、覚えてないって必ず言うし。言質《げんち》を取られまいとするのは編集者の常ですからね」

咲子は、冗談めかした。

「田口さん、本当にあなたとの結婚考えてると思う？」

ルイ子の言葉に、疑いの色が滲んでいる。男は絶対に女房捨てないわよ、と夫に捨てられたルイ子がしたり顔で語ったことがある。ルイ子の夫は長年の愛人がいて、協議離婚したのだと周囲から聞いたことがあった。本当のところは、妻のいる男と不倫している咲子を面白く思っていないのかもしれない。

「その時々で都合のいいこと言うのが、男だからね」

ルイ子は言葉の端に意地悪さを匂わせて言った。

「言い訳もうまいし」

咲子は調子を合わせて笑った。しかし、そうは言っても、鍵返還事件の時に「結婚」と聞いて、咲子が顔を綻《ほころ》ばせたのは事実だった。田口が離婚のエネルギーを費やしても、自分と一緒になろうと思ってくれるのなら、不可能だとて口にしてくれるだけで嬉しかった。

咲子は自分が結婚願望の強い女だと思ったことは一度もない。四十二歳。フリーライターとして自活できる自分に誇りがある。自由と裏腹の寂寥《せきりょう》など誰でも経験することだ。だからこそ、意地でも自由を選ぶべきだと思っていた。だが、田口と付き合うようになってから、咲子の矜持は少しずつ変質していったらしい。これほどまでに好き合っているのに、なぜ私だけが独りで生きなければならないのか、という不公平感によって。

田口は、咲子の部屋で寛《くつろ》ぎ、咲子の冷蔵庫を開けて、咲子の買ったビールを飲み、咲子のベッドでセックスし、咲子の用意したパジャマを着て寝る。カレンダーの印を見て、「この日は予定が入っているんだ」と何の気なしに言ったり、デスク上が散らかっているのに呆れた顔をすることもある。二人で部屋にいれば、留守電に入る声も聞こえるし、新しく買った服も、皿も、手紙も見ようと思えばその辺にある。咲子の部屋で会う限り、咲子のプライバシーは、ほとんど隠さず田口に呈されているのだ。

だが、田口の生活は見えない。咲子と会った後、家に帰って情事の跡始末をし、平気で妻を抱いたり、一人息子と喋っているのかと思うと、咲子は田口を見失う思いがした。このままでは、田口の家も、日常も、家族も、咲子は一生見ることはできない。田口が洩らす家族の逸話が、何も知らずに幸福に暮らす人々と共にいる田口の充足を物語っているようで疎外感を感じても、田口の周辺に近付くことは許されないのだ。日曜にバーゲンに行ったとか、息子がインフルエンザに罹《かか》ったとか、田口が自分の知らない人間と楽しく過ごしている様を聞くと、表には出すまいと思っても不快だった。

田口は休み中は咲子に電話をくれない。日曜、ゴールデンウィーク、盆休み、正月休み。その間は全く連絡が取れなくなる。愛し合っている、信頼している、と思っていても、愛人である自分は、田口にとって仕事の人間関係と同じ程度なのだろうか。定年になれば、自分とも終わりにするつもりかもしれない。あと十二年か、と咲子は不安に思った。

不公平と不快と不安と不満と不倫。「不」の付く言葉の数々は、負の感情として、咲子の心にうずたかく積もり続けた。好きだ、といくら口で言っても、咲子の将来に何の責任も痛痒も感じない男を、この先愛し続けていけるのだろうか。それは不毛と言わないのか。不毛。またひとつ「不」が付いた。自分は不毛の愛情を育んでいるのかもしれない。

「こんなこと言って悪いけど、あたしは田口さんて狡《ずる》い男だと思うよ」

ルイ子が言い切って、電話口の向こうで煙草に火を点けたような音を立てた。一瞬の間があった。咲子は、自分の言いたいことをルイ子がいとも簡単に言葉にした気がして、息を呑んだ。ルイ子は言い過ぎたと思ったのか、話を変えた。

「そうそう。肝心の話を忘れてた。あたしね、前から言ってた熱海にとうとう引っ越したの。遊びに来てよ」

「別荘ですか」

「いいえ、終《つい》の栖《すみか》にしようと思ってる。二百年前の茅葺《かやぶ》き農家を買って、わざわざ高山から運んだのよ。凄いお金がかかったわ。中も改造したの。奮発してドイツ製のシステムキッチンと、イタリア製のお風呂入れたのよ。職人が来て、新しく茅を葺いてくれてね。茅葺きってほんとに素晴らしいわよ。特に雨の日がいいの、しっとりして最高。ね、絶対に泊まりに来てね」

ルイ子は熱海の家の住所と電話番号を咲子に書き取らせ、電話を切った。咲子は何度も確かめた携帯の着信記録をもう一度眺める。田口からの電話は全くなかった。午後十一時。忘れているのだろうか。そんなはずはなかった。だとすれば、口論が嫌でわざとかけて来ないのだ。

最近、妻に怪しまれているから長居はできなくなった、と田口は咲子の部屋でそわそわするようになった。妻にばれるのが怖いのなら、なぜ自分と長く付き合ったのだろう、と咲子は思わず田口の顔を見たことがある。田口は、妻からの電話を着信記録で確認している最中で、咲子の視線に気付かなかった。その横顔には苛立ちと心配があった。ばれたっていいんだ、いっそ、ばれた方がいいかもしれない、と口走ったこともあったのだが。田口の変化に、妻との関係が徐々に修復している兆しを感じる。妻に気を遣う田口に、妻とは関係のない自分がどうして合わせなければならないのだろうか、と咲子は思った。その不満が、二カ月前の鍵返還事件に繋がっていたし、頻発する喧嘩の原因にもなっている。

九年も付き合ってきたのに、今頃になって妻に疑念を抱かせるのは、田口がこれまで家でうまくやっていた証拠ではないか、とも思う。咲子が一番好きだ、咲子といる時の自分が本当の自分だ、と言いながら、妻とも性的関係を保ち、恙《つつが》なく夫や父親の役割を果たしてきたのだとしたら、田口とはいったい何者なのだろう。平然と、もうひとつの生活を持てることは、咲子との九年間を意味のないもの、虚しいことに貶《おとし》める裏切りではないか。咲子は、今頃になって妻が騒ぎだしたことに対し、自分がもっと事実を知らしめてやりたいという破壊衝動を感じた。危険な兆候ではあった。

実は、金曜の田口の態度に、咲子はひどく腹を立てていた。田口は、校了日以外の週末を咲子の部屋で過ごしてきた。だが、土曜の午前中、息子が大学祭で劇をやるから早く帰らなくては、と泊まらずに帰ったのだ。妻が以前、息子の大学祭を見に行った時、「大学生なのに、親が行くって恥ずかしいよね」と苦笑いした癖に。つまりは、自分の情事がばれかかっているので、妻や息子の機嫌を取り始めたのではないかという邪推。邪推は小さな疑心から始まり、怖ろしいほどに膨れ上がって妄想となる。

田口の変化はそればかりではなかった。碌《ろく》に話ができなかった忙しい日は、家族が寝静まった後や、酔って帰るタクシーの中からも、咲子に連絡をくれたものだが、最近は絶えてなくなった。そのことを謝るでもなく、当然のように忘れている。咲子の部屋に来ても、「今日は早く帰るから」と一方的に言うだけで、咲子の都合など端《はな》から聞きもしない。あらかじめ土曜が空くのがわかっていれば、咲子だって友人と会ったり、スポーツジムに行ったり、他の過ごし方を計画できるのだ。もしかして、田口は自分の部屋に来てやってる、と思い上がっているのではないだろうか。田口が結婚を口にしたのも、咲子が翻心すると思っての、その場凌《しの》ぎだったのではなかろうか。これも邪推か妄想か、それとも真実か。それすらも、今の咲子にはわからなくなっているのだった。

咲子は、自分に対する田口の手抜きが、この半年間のうちに緩やかに増えてきていると感じていた。恋愛の終末がこのような姿をしているのだとすれば、生殺しのように屈辱を味わい続けるよりはいっそ別れたい、といつも思うのだった。そしてまた、どうしたらいい、と地獄巡りが始まるのだ。

午前零時を過ぎた。電話はない。咲子は待ち切れなくなって自分から電話したが、田口の携帯は留守電になっていた。どうせ、酒場を梯子《はしご》して飲んでいるのだろう。仕方なしに伝言を入れる。「咲子です。十時に電話くれるというから待ってました。どうしたのですか。電話ください」。吹き込む声がまだ穏やかだ、と思った。が、すでに苛立ちが募り、約束を破った田口に怒りが燃えさかっている。会いたいとか、声が聞きたいとかいう、甘い感情とは全く反対の、危うい回路に入り込みそうな嫌な予感があった。咲子は電話を待つのが辛くなり、グラスにウィスキーを入れて生で呷《あお》った。喉が灼けて、熱い液体が胃に落ちていく。早く酔って狂いたい、と思った。

一時過ぎ、咲子は再び田口の留守電に吹き込んだ。「どうして電話くれないの。あたし、ずっと起きて待ってるのに」。留守電をチェックして、面倒そうな顔をする田口が目に浮かんだ。少し前までは、「ちょっとでもいいから、咲子の声が聞きたかった」と寸暇を惜しんで電話をくれたのに。あの熱情はどこに行ったのだろう。

咲子は煙草に火を点け、暗いガラス窓に映った自分の顔を見た。焦れて疲れた中年女が一人、苛立ちながら男の電話を待っている。話したい内容は、先日の男の態度。決して甘い言葉をかけようとしているのではなかった。男もそれを知ってか、電話を避けているのだ。だったら、どうして電話をする、と約束したのか。新しい憤怒が湧き上がり、怒りが徐々に沸点に近付いていく。咲子は風呂にも入らずに電話を待っている自分が馬鹿らしくなっている。待っている自分が大嫌いだった。しかし、電話をすると言われた以上、待ってしまうのは、まだ田口を好きな証拠でもあった。

では、自分はどうしたいのか。好きなのだから、このまま我慢して付き合っていくのか。咲子は激しくかぶりを振る。できない。咲子は、冷蔵庫から水のペットボトルを取り出して直に口を付けた。些細なことが脳裏に蘇り、急に腹立たしくなる。誕生日もクリスマスも、何もプレゼントをくれなかったこと。咲子の三倍は年収がある癖に、部屋代も出さず、必ず領収書を切って二人の飲食代を落とすこと。私を愛人としたいのなら、「お手当」くれるべきじゃないの。金銭など欲しくもないのに、思わずそんなつまらないことを言いそうな卑しさ。卑しくなったのは、あまりにも不公平で不毛な恋愛を続けたせいではないか。楽しいことや、嬉しいことも沢山あったはずなのに、すべて忘れていた。咲子の怒りの感情は止めどなく、次の怒りを生み、田口を貶め、自分をも貶め続けた。爆発寸前だった。その時、やっと電話が鳴った。午前二時だった。四時間後の電話。

「もしもし、遅くなってごめん」

田口が酔ってろれつの回らない口調で謝った。歩きながら喋っているらしく、息が切れていた。おそらく自宅付近まで帰って来たのだろう。

「何で酔っ払って電話してくるの。あなたは酔うと、いつも話を覚えていないって言うから、酔ったあなたと話をするの嫌なのよ」

咲子は田口の声を聞いた瞬間から怒っていた。ごめん、ほんとにごめん、と田口は繰り返す。

「あたし、四時間もずっと待ってたんだよ。頭に来るなあ」

「謝ってるじゃない。それに、数時間がどうして待てないんだよ。仕方ないじゃないか、電話できなかったんだから。無理言うなよ」

すでに争いが開始されている。咲子は、あまり長く待っていたために、この道に行ってはいけないと思いつつも、止められずに突き進んだ。

「数時間じゃないじゃん、四時間だよ。あなたがあたしに電話するって言ったんだよ。前だったら、メールで何時頃になるとか教えてくれたじゃない。あたしだって、お風呂にも入らないで待ってるんだからさ、少しは考えてよ。それに、金曜のこと、ちゃんと話そうよ。あなたはあたしの都合なんか聞きもしないで、一方的に帰るって言ったよね。それって失礼じゃない」

「また、その話かあ。聞き飽きたよ」田口が面倒臭そうに呟いた。「悪かったよ。だけど、俺さ、あなたに謝るのにもう疲れたよ。あなたはいつも怒ってるんだもの。あなたは俺に腹を立てている、どういう訳かわからないけどね。俺はそういうの、あまり好きじゃないんだよ。最近ずっとあなたは怒ってる。俺、もう疲れた。謝るの飽きた」

「あたしだって疲れたわよ」

「ここんとこずっと喧嘩ばっか。少しはのんびりできないの」

田口は女に甘やかされるのが好きなのだ。適当に楽しんで、のらりくらりと修羅場や愁嘆場を避けて生きようとする。スーツを好んで着て、出版社勤務というよりは広告代理店の営業マンのように見られるのを喜んでいる男。真剣に付き合っていた頃の田口は、咲子との口論にもっと真剣に応戦したはずだ。別れたいと思っていても、相手の口調に冷たい皮肉や諦念が感じられると傷付くのはこれも共依存か、と咲子は自分を嗤《わら》いたくなる。とことん傷付け合うまで止まらないのは、咲子がはっきりさせたい性格だからなのか。では、自分は何をはっきりさせたいのだろう。

咲子は酔った頭で考えている。

「あなたがあたしを怒らせるのよ。お願いだから、あたしのことを舐めないでよ」

「舐めてないよ」

「舐めてるよ。適当にあしらおうと思ってるんでしょう。あんたは本当の馬鹿よ。最低な男だよ」

最後、咲子は怒鳴っていた。怒りは沸点に達し、ぶくぶくと熱湯のように滾《たぎ》っている。このままでは済まさないという思いが逸《はや》り、自室に座って話していること自体が苦痛だった。今すぐ駆けだして行って、田口を捕まえ、顔と言わず体と言わず、ぶってやりたい衝動に駆られた。自分がこんなに腹を立てているのに、なぜ田口が冷静でいられるのか、訳がわからない。自分はすでに狂っているのかもしれない、と咲子は思った。

「繰り返しになるけど、何でそんなに怒るのかわからない。あなた、おかしいよ」

いみじくも田口に指摘されて、咲子は逆上する。

「じゃいいよ。これからあんたの妻に電話して全部話すから。何で怒っているか、よくわかるでしょうよ」

「やれよ。好きにすればいい」

田口は捨て台詞を吐いて、電話を切った。もう一度電話をかけたが、田口は出ない。本当に、自分は妻に電話できるのかと考えながら、咲子はウィスキーを飲んだ。やんなさいよ、どうせ元の世界に戻ることはできないんだから。妻だって知るべきよ。咲子の中の破壊衝動が囁く。

咲子の指は、携帯に入っている田口の家の電話番号を探し当てて押していた。取り返しのつかない迷路を更に進もうとしているという認識はあったが、出口がなくて閉じ込められたっていいのだった。そのまま爆死してしまいたい。数回コールが鳴り、電話が取られた。若い男の声。大学生の息子らしい。

「もしもし、峰岸と言いますが」

すでに状況を把握しているのか、素早く中年女に替わった。用件を告げる前に、妻は気取った声で言った。

「峰岸さん、私は裕作を愛していますから、別れません」

いきなり核心に触れられて、咲子は失笑した。事実を知っても愛していられるのだったら、愛し抜いて貰おうか、という好戦的な気分になる。自暴自棄。自分が嫌な女、最低の人間になっていくのがわかっているのに、どうしても止められない。

「あのねえ、あなた、あんな不実な男のどこが好きなんですか。あの男は毎週、私のところに泊まってたんですよ。九年間も」

あくまでも妻は冷静を保っていた。

「あら、そうですか。私たちはうまくいってますから、ご心配なく」

「何がうまくいってるって言うの」

「裕作も私を愛していますし、何もかもです」

最悪の会話だった。咲子は、自分が妻と何を話そうとしていたのか思い出そうとした。おそらくは、自分たちの九年間の真実。そして、今後のこと。しかし、田口と咲子の付き合いの詳細も、二人の今後のことも、田口家では何の意味もなく、無に等しい。どころか、何の関係もない、ゴミ箱に捨て去ることなのだった。咲子は、田口家にとっては宇宙から飛来した禍々《まがまが》しいエイリアンで、退治されて然るべきであり、優しい夫が引っかかった質の悪い女だった。もどかしさに口を閉ざした途端に電話が切れた。その後、何度か電話したが、息子らしき男が受話器を取り、もしもしもしもし、と咲子が必死に呼びかけているにも拘わらず、冷ややかな無言で応じた。

咲子は諦めて電話を切り、ウィスキーを飲みながら夜明けの光を待った。十一月の朝陽は昇るのが遅い。窓を開けると、冷たい夜気が部屋に入って来て、夜明けに自分はたった独りでいる、と感じられる。寂しさに殺される、と咲子は呟いた。善悪も何も考えずに、ただ荒くれてるだけじゃん。あんたって人間として終わりだね、馬鹿だね。

翌日の午後、咲子は田口の携帯に電話して、詫びた。

「昨日は悪かったと思ってる。ね、どうしてる、あなたの奥さん」

「ショックに決まってるじゃないか」

田口は低い声で言って、大きな溜息を吐《つ》いた。

「だけど、あたし後悔してないよ。いつか言いたいと思っていたから」

「咲子はすっきりしたかもしれないけど、女房は関係ないじゃないか。凄く傷付いているよ」

田口は消耗を感じさせる声音で呟いた。

「じゃ、あたしは」

「咲子も傷付いてると思うけど」

けど？　けど何？　更に問い詰めたい思いを引っ込める、一応は。だが、妻は本当に関係がないのだろうか。咲子は首を傾げる。

「どうして奥さんは関係ないの。教えて」

「関係ないよ。責任ないもの」

「そうだね。ねえ、あなたは、電話の時どこにいたの」

「俺は隣の部屋にいた」

どうして電話を替わってくれなかったのだろうか。夫婦が共闘して、咲子という邪魔者を排除しているような気がして、咲子は不愉快になった。

一週間後、咲子は田口に再び電話を入れた。

「元気だった？」

田口は咲子を労《いたわ》るように言った。ということは、妻との関係がうまくいっている証拠かとも思い、咲子の気持ちは沈む。嫉妬というよりは、妻と自分とのプライド合戦だった。

「こないだのこと、もっと詳しく聞きたいし、あたしたちのことも決めなくちゃならないから、部屋に来てくれない？」

翌日の夜、田口は時間を大幅に遅れて咲子の部屋に現れた。田口は落ち窪んだ目をして、咲子の部屋を懐かしそうに、しかし、もう縁のないような観察する目で眺め回した。咲子が誕生祝いに贈ったキー・リングから、とうに咲子の部屋の鍵は外されている。

「先週はごめんね。あたし、電話が来ないんでおかしくなっちゃったの」咲子は謝った。「あの後、どうしたか知りたかったけど、あなたあまり言わないし」

田口は自嘲的な笑いを浮かべた。咲子を責めはしなかったが、咲子の負のパワーには懲《こ》り懲《ご》りだという風に目を逸らす。だが、咲子と妻と、二人の女に奪い合われる男という役回りを愉しんでいるみたいに見えなくもない。

「で、どうするの」

咲子は缶ビールを開けて、グラスに注ぎながら尋ねた。田口はグラスに口を付けた。

「どうするって何が」

「あたしたちはどうするのかってこと」

田口は、追い詰めるなよ、という顔をし、上目遣いで咲子をちらりと見た。

「はっきり言って、俺はあなたも妻も棄てられないんだよ」

またか、と落胆し、咲子は自分も苦いビールを飲んだ。落胆というのは、田口が決められないのではなく、決定を口にすることによって責任を被るのを避けているのがわかったからだった。田口はとっくに決めている。仕方ないので、咲子が答えを引き出さなくてはならない。誘導したが故の喧嘩も数限りなかったと思い出す。

「奥さんとは別れないってことね」

「ごめん」田口は項垂《うなだ》れた。「俺は女房とは離婚できない」

そんなことは九年間の付き合いで嫌というほど承知していた。離婚できるのなら、とっくにしていたはずだ。付き合い始めてから何度も、自分に対する田口の気持ちが本気なのかどうか、咲子は厳しく問い詰めてきた。その度に、田口は結婚を仄《ほの》めかしたり、咲子とは一生離れない、などと答えて誤魔化してきた。咲子は、結論を先延ばしにして、ある時は結婚、またある時は愛人、と口走る田口の優柔不断さが不思議でならない。正直なのか不正直なのか。そして、そんな男が好きな自分も信じられなかった。ここまで思いが至った時、自分は愛した見返りとして確約が欲しいのか、と咲子は嫌な気持ちになった。見返りなど欲しくはなかった。田口を妻と分け合いたくない、という単純な気持ちだった。なのに、このような嫌な気分にさせられることが、田口という男を好きな自分の負った荷なのだった。荷は重く、咲子は潰れそうになっている。

「あたしのことは好きじゃないの」

「そんなことないよ。咲子が一番好きだよ。だけど、女房とは離婚できない」

では、どうしたらいいのだろう。好きな男が、自分を一番好きだと言ってくれている。そこまではいい。だが、男は妻と暮らすと言う。つまり、気持ちだけは咲子のものだ、ということならば、体はどこにある。そんなことが有り得るなんて。咲子は混乱して、両手で顔を覆った。

「ごめん。あなたを傷付けて本当に申し訳ないと思っている」

そうは言いつつも、田口の両目に余裕が浮かんでいた。田口の今の願いは、狂って妻に電話してしまう咲子と、穏便に別れたいということかもしれない。

「いいよ、わかった。シャワーでも浴びない？」

田口が咲子の顔を見上げた。セックスしたいの、と驚いた表情をしている。咲子が頷くと、田口は混乱した様子で立ち上がった。ジャケットを脱いで椅子の背に掛け、トイレに向かう。これからどうするか、中でゆっくり考えるつもりなのだろう。田口がトイレのドアを閉めようとして中から怒鳴った。

「内側のドアノブがなくなってるよ」

「前から甘くて、さっき落っこちたのよ。最近来ないから知らないんでしょう」

咲子は音を立ててドアを閉めてやった。そして、用意してあったドライバーで、ドアの外側からノブのネジを緩めた。外側のノブが音を立てて廊下側に落ちる。内側のノブは田口が来る前に外してあるから、小さな穴から用を足している田口の後ろ姿が見えた。咲子はジャケットのポケットに入っている田口の携帯を探し出し、ビールグラスに漬けてからグラスごと流しに持って行った。水道の栓を思いっ切り捻って水をかける。田口がトイレの水を流した後、ドアを叩いた。

「開かないんだけど、どうしよう。大丈夫かな」

「ほんとだ、困ったね。こっち側も落ちちゃったし」

咲子は何気なく答えて革のコートを羽織り、ショルダーバッグを肩に掛けた。田口の焦る声がする。

「おいおい、ほんとに開かないよ、これ。そっちからもやってみてよ」

「今、管理人さんを呼んで来るから待っててくれない」

咲子はトイレと部屋の照明を消した。おい、どうしたの。何だよ、暗いじゃん。開けろよ。パニックになりかかった田口の声が聞こえ、ミシッミシッと何度もドアに体当たりする鈍い音が聞こえた。ドアノブが両側から抜けてしまうと、ドアは開かなくなる。前に同じことが起きて、修理屋が来るまでトイレが使えなかったことがあった。このマンションの造りは頑丈だから、田口は運が悪ければ数日間は閉じ込められるだろう。あるいはもっと。咲子はマンションを出てタクシーを拾い、田口の自宅住所を告げた。

田口の家は、世田谷区のせせこましい住宅街にあった。建て直したばかりらしく、狭いが新しい。門柱に「田口」と墨痕《ぼっこん》鮮やかな表札が出ている。二人で旅行に行った帰り、タクシーの中から、田口が「ここが俺のうち」と無邪気に告げて先に降りたことがあった。が、付き合いが深まるにつれ、田口は用心深くなり家の前では決して車を降りなくなった。咲子の部屋に田口は足繁く訪れるのに、なぜ田口の家は見せて貰えないのか。咲子には納得がいかない。

咲子はインターホンを押した。居留守を使われるかもしれないと不安だった。だが、意外にもすぐさま女の明るい声がした。

「お父さん？」

妻が、田口が帰ったものと思ったのだろう。田口はあたしの部屋のトイレにいます、と咲子は心中で答える。

「峰岸と言います」

正直に名を告げた。しばらく間があり、妻が固い声で返した。

「田口はおりません。お帰りください」

「奥さんに用があって来ました。お会いできるまで帰りませんから」

「お帰りください」

乱暴にインターホンをフックに掛ける音がして切れた。今頃、家の中では田口の携帯に電話をしたり、大騒ぎしていることだろう。大変、あの女が来たわ、と。咲子はもう一度インターホンを押した。応答がないので何度も押す。鉄製の門扉を開けて玄関先まで行き、ドアをノックする。ドアの向こうから、嗄《しわが》れた老人の声がした。

「迷惑です。お帰りくださいと言ってるじゃないですか」

「それが、田口さんが九年間付き合った女に対する態度ですか。関係のない顔をするのは、おかしいんじゃないですか。ひと目会って、顔を見てくれたっていいでしょう」

近所の耳を気にしているのか、ドアが細く開き、眉を顰《ひそ》めた禿頭の老人が半身を現した。七十代後半。背が低く、毛玉だらけの灰色のフリースを着ている。同居している妻の父親であることは明らかだった。咲子がたった独りなのに対し、夫、父親、息子、田口の妻は大勢の男に守られているのだった。

「田口はまだ帰っておりません。田口に用があるのなら、ここには来ないで、本人に直接話してみればいいじゃないですか」

老人は低い声で比較的穏やかに言ったが、目に苛立ちが浮かんでいた。実の娘が遭った災難が不愉快でならないのだ。それでは、と老人はドアを閉めそうになったので、咲子は慌てて靴の先をドアの隙間にこじ入れた。

「私が話したいのは奥さんです。出て来ていただけませんか」

老人は口を引き結び、咲子を睨み付けた。

「娘はあなたに会いませんよ」

「なぜ、あなたにわかるんですか。あたしが顔を見たいんだから、奥さんだってあたしの顔を見たいんじゃないですか。二人して一人の男を分け合った仲でしょう」

咲子が怒鳴ると、老人は図々しいと言わんばかりに、呆れ顔をした。

「分け合ったって、あなた。何を言うんです」

咲子は、合板の玄関ドアに手を掛けた。老人が遮るように足を踏ん張って立ち、咲子を中に入れまいとしてドアを押さえる。老人の固い体は、意外な力で咲子を阻んだ。

「あなたね、非常識だと思いませんか」老人は力を籠めたために、息を切らしながら言った。

「他人の家に無理矢理押し入ろうとして。これは犯罪ですよ」

「おじいちゃん、気を付けて」鋭い妻の声が、家の中からした。「刃物でも持ってると危ないわよ」

咲子は苦笑した。

「そんなもの持ってません。心配なら、警察に電話したらどうですか」

「ええ、しますよ。しますとも」妻の声だけが聞こえる。「本当に非常識ね。困った人だわ」

咲子は、老人が押さえているドアの隙間から、家の中を覗いた。玄関は綺麗に片付き、床は光っていた。だが、どこからか、生ゴミを溜めたような饐《す》えた臭いがした。咲子が鼻をひくつかせると、老人は嫌な顔をした。

「あなた、帰りなさい」

「帰ります。ご家族の顔を見たらすぐ帰ります」

老人の力が緩んだ隙に、咲子はドアを開けて中に入った。いきなり、上がり框《がまち》に仁王立ちになった妻と正対した。ジーンズの上に父親と同じような色のトレーナーを着ている。無化粧で、頬が緩んでいる。確か裕作と同い年だった。咲子は妻を見つめた。

「いい加減にしてくださいよ。我慢も限界ですから」

妻が静かな声で咲子を脅した。どすどすと激しい音をさせて、息子と思しき若い男が階段から駆け下りて来た。家の中でも帽子を被った黒ずくめのラッパー。携帯を手にしている。息子は田口によく似た体型をして、もっと目がきつかった。傲慢な顔だと咲子は反感を持つ。電話での無言の応酬がまだこたえていた。

「お母さん、お父さん留守電だよ」

「じゃ、このこと、しっかり入れておきなさい」息子に命令した後、妻が咲子に向き直った。

「峰岸さん、あなたがうちに来る権利も理由もないでしょう。あんまりだと思いませんか」

老人が、まあまあと諌めるように咲子のコートの肩を後ろから摑んだ。咲子は老人の節だらけの手を重いと感じながら、振り向いて問うた。

「あなたが、奥さんのお父さんですか。幾つ」

「どうだっていいでしょう」妻が叫ぶ。「いったい何なのよ。ほんとに頭に来るわね」

「いい年して恥ずかしくねえのか。馬鹿じゃねえか」

息子が甲高い声で叫んだ。三白眼が光り、今にも咲子を殴り倒しそうな勢いだった。

「お家の中、見せて貰えませんか」

「何であなたに見せなくちゃならないんですか」

妻が口角を下げてうんざりした顔をした。咲子が屈んで靴を脱ごうとすると、「帰れよ」と息子が咲子の背中を軽く蹴った。弾みで咲子は三和土《たたき》に手を突いた。息子の物らしき、汚れた大きなスニーカーが目に留まる。そして、その奥に田口の茶色の靴があった。

「あ、これ。渋谷で一緒に買ったんです」

妻の顔色が変わるのを目の端で捉えたが、どうして衝撃を受けるのかわからなかった。あなたにもあるように、私にだって、田口と一緒に積み重ねた時間の思い出が沢山あるのだ。なぜ、私のだけが抹殺されなくてはならない。なぜ。誰か答えてくれ。

「てめえ、いい加減にしろよ」

なおも家の中に入ろうとする咲子を、息子が突き飛ばした。よろめいた咲子を老人が受け止め、一緒に倒れそうになる。

「危ない、おじいちゃん」妻が三和土にスリッパのまま下りたって、老人の腕を押さえた。そのまま息子に向き直って諫める。「洋ちゃん。乱暴、よしなさいよ」

「何言ってるんだよ。馬鹿くせー」

「お家の中を見せていただいてもいいですか」

咲子は老人の手から抜け出し、もう一度頼んだ。妻が咲子にむしゃぶり付いて来た。

「何よ、あんたは。うちは関係ないでしょう。自分が悪いんじゃないの。自分が勝手にやったことじゃないの。いい加減にしなさいよ。警察呼ぶわよ」

咲子は押された勢いで、ドアに背中を打ち付けた。老人は脇によけて、困惑した表情で娘を見上げている。息子の方は怒りで震えていた。

「ちょっと見せてくれたっていいじゃないですか。私、見たことないんですもの」

「頭がおかしいんじゃないの。洋ちゃん、早く、警察呼びなさい」

「お願いします」

上がろうとすると、妻の平手打ちが頬に飛んだ。頬が熱いと思う間もなく、咲子は息子と老人と妻と三人がかりで押され、玄関の外に追い出されてしまった。脱ぎかけた靴は辛うじて爪先に入っている。咲子は靴を履き直し、田口の家を見上げた。そして、暗い道路の真ん中でパトカー来るかなあ、とぼんやり考えていた。とんとんと誰かが肩を叩いた。

「気が済んだ?」

咲子は何も言わずに田口を見る。田口は息を大きく吐いて、咲子を、そして自宅を眺め遣った。これが本当に田口裕作なのだろうか。自分が九年間も好きだった男なのか。咲子は駅に向かって歩きだした。


「ほら、竹林の音がするでしょう。さわさわって」

翌朝、けたたましい音を立てて雨戸を繰りながら、ルイ子が上機嫌で言った。咲子は寝床の中で、ほんとですね、と適当に相槌を打った。田口のところから、熱海のルイ子の家に直行し、泊めて貰ったのだった。連絡もせずに突然行ったので、ルイ子は迷惑そうだったし、何か聞きたそうにしていたが、咲子は「近くに用事があったから」と誤魔化した。

「こういうところに住んじゃうと、東京になんか戻りたくなくなるわよ」

「そうでしょうね」

咲子は布団に仰向けになったまま、天井を見上げる。煤《すす》けた黒い梁《はり》が縦横に走っていた。

「咲ちゃん、元気ないわね。大丈夫」化粧をしていない顔で、ルイ子が咲子の顔を覗き込んだ。

「何時の新幹線で帰るの」

「まだ決めてないけど、午後くらいには失礼します」

早く帰したいのだろう。咲子は答えた後に、軽く目を閉じた。

「まだ眠いのなら寝ててもいいわよ。あたし、ちょっと犬の散歩行って来るから」

ルイ子の家には二匹のラブラドールがいる。すでに散歩の気配を察して、うるさく吠えたてていた。ルイ子が出て行った後、咲子は起き上がった。居間から、籐製の椅子とフラワーアレンジメントに使う枝物を縛ってあった麻紐を拝借する。椅子にのぼって梁に麻紐を二重にして掛けた。ルイ子が帰る前に早く、と咲子は焦りながら紐の中に首を差し入れ、思いっ切り強く椅子を蹴った。

愛ランド

山本鶴子はスーツケースの中に、シンガポールのガイドブックを入れた。今回の行き先は上海だから必要ないのだが、帰りに来年の旅行先を提案するための資料だった。佳枝《よしえ》や菜穂子《なおこ》は、どこに行きたいと言うだろう。ベトナムか、香港か、サイパンか。それは帰りの飛行機に乗るまでわからない。企画会議みたい、と鶴子は笑いを浮かべた。

女三人で行く海外旅行は楽しかった。一昨年は台北、去年はソウル、そして今年は上海。買い物とエステと食べ歩き。女が旅先ですることは、中年も若い女も変わらない。だが、若い頃と違うのは、好き勝手にしても誰も文句を言わないことだ。気が向けば一緒に行動するし、夕食を共にするだけの日もある。

野々村佳枝から海外旅行の誘いを受けた時、山本鶴子は意外な気がした。二人は中堅どころの出版社に同期で入社し、独身。鶴子は社のＰＲ誌、佳枝は児童書の編集をしている。部署は違うし、性格も違う。いや、見かけがまるで違う。会えば立ち話をする程度で、親しくはなかった。

鶴子は地味で堅実だ。四十代初めに自分名義のマンションを買ったせいである。ローンを返しながら老後の資金も貯めているから、生活は自ずから質素になった。作家との付き合いもほとんどない部署なので、他部署の社員たちが会食したり、ゴルフや取材旅行に出かけるのを横目で見て、会社と家を往復する毎日だ。服や雑貨は通販で購入し、弁当を持参する。節約のためにしているうちに、外出があまり好きでなくなった。休日は誰とも会わずに会社から借りてきた雑誌や本を読んで過ごす。孤独ではあるが、気楽な生活が気に入っている。鶴子の目的は、定年まで恙《つつが》なく社に留まり、貯金を増やすことにある。

佳枝は、入社当時から派手で注目される存在だった。都内の実家に住まい、給料はそっくりそのまま小遣い、という優雅な生活を四十代後半になっても続けている。服装や持ち物に金をかけ、ブランド品が大好き。今でも華《はな》があって、男性社員に人気がある。最近は鼓《つづみ》を始め、着物にも凝っていると聞いた。鶴子から見ると、佳枝はお嬢さんが美しく歳を取っていく典型的な例だった。佳枝だったら、男にも会社にもしがみつかずに楽しく生きていけそうだ、と若い頃は羨望したこともあった。

その佳枝が、一緒に旅行に行かないかと鶴子を誘ったのは、二年前のことだ。昼食後、女子トイレで歯を磨いていた鶴子に、トイレから出て来た佳枝が鏡越しに話しかけた。

「山本さん、良かったら、夏休みに一緒に台北でも行かない。あたし、台湾ってまだ行ったことないのよね」

突然の申し出に、鶴子は返事もできなかった。

「いいじゃない。行きましょうよ。たまには、女同士でざっくばらんに話さない？　同期も少なくなっちゃったしね」

美しかった佳枝の目尻に小皺《こじわ》が目立った。おかっぱにした自慢の黒髪にも、白髪が何本かある。鶴子の視線を感じた佳枝が髪に手をやった。

「あたし、老けたでしょう」

鶴子は首を横に振った。鶴子の老け方はもっと酷《ひど》かった。佳枝と並んだら、鶴子は十歳は年上に見えるだろう。髪は生協で購入した植物性染料で染めているので、白髪だけがオレンジ色になっている。いつも無化粧。口紅だけは塗っているものの、顔色は年々冴えなくなっている。太っているので、楽な服なら何でも良かった。靴も、爪先が痛くならない幅広のローヒールか、スニーカーしか履かないのだから色気は皆無に等しい。これでいいのか。いいのだ、と思い込もうとしていた矢先の誘いだった。

「行きたいけど、幾らくらいかかるかしらね」

「たいして高くはないと思うわよ。往復の飛行機とホテル代とで十五万以内じゃないかしら」

台北という近場の行き先が、鶴子の経済状況を考えた上の提案だったと気付き、鶴子は不思議に思った。同い年とはいえ、佳枝のような派手な女がなぜ自分と一緒に行きたがるのか。

「どうして誘ってくれるの」

「だって、あなた、あたしの鼓の会にわざわざ来てくれたでしょう。あれ、嬉しかったわ」

鼓の会の招待状は、女子社員のほとんどに配られたのだった。鶴子は暇だから行っただけだが、会場で会うかと思った社員は一人も来ていなかった。佳枝は律義でお人好しなのか、それとも恨みがましいのか、鶴子は首を傾げた。

「それに、あたしたち、そろそろ危ない年頃じゃない。助け合わなくちゃ」

危ない年頃というのは意味深だった。佳枝にも何か悩みがあるのだろうか。急に好奇心がむくむくと頭をもたげた鶴子は、たまには贅沢もいいか、と決心したのだった。

「じゃ、もう一人見つけるわね。三人だと丁度いいじゃない。誰にしようかしら」

佳枝は喜んで手を叩いた。

旅行のメンバーのもう一人は、森田菜穂子だ。菜穂子は、二人とひと回りも歳が違う三十四歳。女性誌の編集者だ。佳枝の作った絵本を書評ページで紹介したのが縁で佳枝と親しくなり、時々二人で食事に行ったり、飲みに行くらしい。菜穂子は結婚しているが子供はなく、夫と不仲なので、飲んだくれているという噂があった。実は、鶴子は菜穂子という人物がよくわからなかった。

菜穂子は大きな目が特徴の、美しい顔立ちをしていた。が、その目がいつもきょときょと落ち着かないのが、鶴子を苛々《いらいら》させるのだ。楽しく談笑している時など、菜穂子のテンションは一気に上がり、笑い声も大きくなる。だが、どんなに笑っていても、目付きは変わらず不安そうに端っこに流れる。こんな自分を誰か見てやしないか、という具合に。

例えば、旅先で言葉が通じず、菜穂子は異様に恥じ入ったことがあった。そうすると、菜穂子の視線は誰かの目を意識して激しく揺れる。払う金の計算を間違ってもうろたえるし、両替しそびれて現金が足りなくなったりすると、たちまち、きょときょとが始まる。失敗を恐れているのだろうか。佳枝に気を遣っているのかもしれない。「菜穂子ちゃん、焦らなくても大丈夫よ」と佳枝に言われると、菜穂子はいっそう焦る。

どうしてこれほど、自分に自信のない女が仕事を続けていられるのだろう、いや、結婚できたのだろう、と鶴子は不思議でならなかった。そして、佳枝は菜穂子のどこが気に入って、旅行に連れて来るのだろう。鶴子は佳枝の気持ちも理解できなくなるのだった。

旅先ではとかく、鶴子対佳枝と菜穂子、という分かれ方をした。デパートや美術館では、二人は一緒に行動し、時間を決めて鶴子と落ち合う方法を取った。だが、佳枝が菜穂子を庇護しているのかと言えば、決してそうではないのだ。菜穂子が、鶴子と佳枝に対して、付き人のように働かざるを得ない場面は多かった。タクシーを探しに行くのも菜穂子、突然の雨で傘を買いに走るのも、レストランを予約するのも、地図を見て場所を調べるのも、すべて菜穂子の役目だった。

「悪いわね」

鶴子や佳枝の労《ねぎら》いに、菜穂子は大きく手を振り、こう言う。

「あたし撮影で慣れてますし、何と言っても若いですから」

「そうそう、菜穂子ちゃんは若いもんね」

佳枝は笑み崩れる。しかし、菜穂子の目が細かく揺れているのを鶴子は見逃さない。菜穂子が自分たちとの旅を満喫しているとは到底思えなかった。では、なぜ一緒に来るのか。鶴子と佳枝が、もう一人のメンバーを必要としているからだった。そして、誘われて来てしまう菜穂子は、きっと孤独なのだ。女三人旅のメンバーは、本当の仲良しではなかった。それ故に、旅を楽しく盛り上げようとするのかもしれない。

上海に到着して、チェックイン後、鶴子と佳枝はタクシーでエステに向かった。そこは、女性誌にもよく載っている有名な店だった。マッサージがうまいのと、特別な漢方薬で出来たオイルを使うのを特徴としている。二回の旅行ですっかり贅沢の味を知った鶴子が是非行きたいと言ったら、佳枝が同意し、二人で行くことになった。事前の予約が必要と聞き、菜穂子がわざわざ東京からファクスで申し込んでくれていた。その菜穂子は、ホテルのネイルサロンに行くと言う。今回は珍しく単独行動だった。

白のバスローブに着替え、施術室のベッドに仰向けに横たわった鶴子と佳枝はエステティシャンが来るまでずっと喋っていた。

「上海って、行くところが沢山あるから、ちゃんと計画立てないと駄目ね」

佳枝が言った。

顔のマッサージを頼んであるので、二人共、化粧を落とし、髪を白いタオルできっちりくるんでいる。個室は照明を薄暗くしてあり、ピアノ曲にアレンジしたポップスが低く流れている。鶴子は横になった時から、眠気が襲ってきていた。

「ソウルより面白いかもしれないわね。どう思う」

鶴子は欠伸《あくび》を嚙み殺しながら答える。

「あたしはお夕飯が楽しみ。中華料理、大好きなのよ」

「マッサージの人遅いわね」

佳枝が頭を上げて入り口付近を睨んだ気配がしたが、鶴子はすでに目を閉じていた。出版社勤務と言うと、世間の人は優雅な生活を思い浮かべるのだろうが自分は違う。つつましい生活をしているし、たまの自由を思いっきり楽しみたい。脳裏に無礼講という文字が浮かんでいた。

「この店、菜穂子ちゃんが選んだのよね」

「そうよ。あの子、上海二回目なんだって。よく知ってるみたい」

「じゃ、来るの嫌だったんじゃないの」

「おばさんと一緒だしね」

「そうそう」

「もう、あたしたち四十八だものねえ」

二人で笑っていると、やっと四人のエステティシャンが入って来た。ピンクのユニフォームを着た若い中国人女性だ。女たちは二人ずつ、鶴子と佳枝のベッドの両脇に付いた。二人がかりとは豪華だ。一人がさっさと鶴子のバスローブの紐の結び目を解き、前をはだけた。冷気が胸を冷やす。あれ、顔じゃないのかしら。鶴子が疑問を感じた瞬間、温められたオイルが大量に垂らされた。二人の手がそれぞれ、鶴子の乳房を揉み始める。

「何、これ」

鶴子は驚いた。このエステはそんなサービスをしてくれるのだろうか。

若い女の手は、男の乱暴な愛撫など問題にならないほど気持ち良かった。すべすべした掌が緩んだ乳房を摑み、脇から鳩尾《みぞおち》から持ち上げてこねる。細い指先が埋まり込んだ乳首を探り当てて摘み、引っ張り、こりこりと揉みほぐす。エステの全身マッサージでも、乳首に触ることはタブーだ。このエステはいったいどうなっているのだろう。

「どうしよう。感じちゃうわね」

佳枝のややヒステリックな笑いが聞こえた。

「こんなマッサージあるのかしら」

自分の声も潤《うる》んでいやしないか、と気にしながら鶴子は呟く。

「きっと尖胸術《せんきょう》よ。確か、これを二十日間続けると乳房が上がるっていうやつよ。上海はこの施術が得意だって聞いたことがあるわ」

鶴子は暗闇の中、目を開けた。右手に立っている中国人の女が目を合わせて微笑み、たどたどしい日本語で囁いた。ラクにしてくださーい。女は、若さを誇るように優越感に満ちた顔をしつつも、細い手を忙《せわ》しなく動かし、鶴子の垂れた胸を元に戻そうとしている。鶴子はその指で性器も触ってほしくなった。男たちのいろいろな指を思い出す。久しぶりに昂《たかぶ》りが来そうな予感があった。心も肉体も急なことで慌てている。

「どうしよう、これすごいマッサージね」

照れ隠しで佳枝に言うと、佳枝も息を切らして答えた。

「菜穂子ちゃん、きっと間違えてファクスしたのよ。フェイシャルって言ったのに、胸のマッサージだなんて。後でお仕置きしなくちゃ」

菜穂子は本当に間違えたのだろうか。四十八歳の女をからかうために、わざとやったのではないか。鶴子の心に疑念が湧いた。お仕置き。佳枝の言葉が妙に心に残った。不意に、佳枝が付き合っているという男の顔が浮かんだ。最初の台北旅行の時、佳枝はあっけなく社内不倫を告白したのだ。そのことを誰かに喋りたくて誘ったのかもしれない、と鶴子は思ったほどだ。一緒に聞いていた菜穂子は黙って頷いていたから、知っていたのだろう。

佳枝の相手は、佳枝より十歳も若い営業の男だった。短軀で精力的な遣り手。前に、そんな噂を耳にしたこともあったが、年の差があるので、ただの飲み友達だろうと鶴子は思っていたのだ。その時、鶴子が自分の経験を告白しなかったのは、佳枝や菜穂子をまだ信用していなかったせいだ。

左右の乳首が同時に摘まれた。力の強さにあっと呻いて、若い女の顔を見上げた。女たちは真剣な面持ちで鶴子を見返した。これは、女客に感じさせるためのマッサージだ、と鶴子は理解した。このまま身を委《ゆだ》ねてもいいのだろうか。二メートルと離れていない隣のベッドを見ると、佳枝は唇を半開きにして陶然としている。鶴子は目を疑った。佳枝の乳首を二人の女が両側から口に含み、片手で佳枝の股間を触っていた。一瞬、佳枝の黒い陰毛が見えた。その中に分け入る細い指。私も女たちに吸われるのだろうか。どうしようか。そう思った途端、鶴子の乳首がいきなり強く吸われた。縮かんでいた乳首が大きく膨れる感触があった。予想に反して股間がじんと痺《しび》れ、性器が熱くなった。

突然、佳枝が大きな声で、「ああっ、いっちゃう」と叫んだ。我に返って目を開けたら、佳枝が二人の女の手を握ってベッドの上で大きくのけぞっていた。鶴子に付いている二人の女が、佳枝の方を振り返って顔を見合わせ、忍び笑いをしている。

「たまにいるね、ああいう人」

そう言うと、女たちはさっさと胸のオイルを拭き取り、出て行ってしまった。佳枝が達したから、もう義務は果たしたということか。鶴子は、満たされない中途半端な気分でベッドから起き上がった。佳枝はぼんやりした顔でまだ横たわっている。鶴子は佳枝の顔を見られなかった。佳枝のエクスタシーの瞬間を目撃し、あの声を聞いたからだ。佳枝はああやって男に抱かれているのだ。起き上がった佳枝はふて腐れたように、のろのろとバスローブの前を合わせた。

「何これ。レイプされたみたい」


静安区にある古い上海料理の店で、菜穂子と落ち合うことになっていた。ネイルサロンの後、デパートに買い物に行ったらしい菜穂子は、大きな紙袋を提げて十分遅れでやって来た。

「すみません、遅れて。ここ、わかりました？」

レストランを選んでくれたのも、菜穂子だった。菜穂子は仕事で上海に来たことがあるので、ホテルもレストランの選択もすべて菜穂子に任せっきりだった。

「タクシーにメモを見せたらすぐわかった」

佳枝は煙草を吸いながら、横目で菜穂子を見遣った。菜穂子は佳枝の不機嫌を悟り、急におどおどと俯き、荷物を空いた椅子の上に置いた。

「エステどうでした」

菜穂子は、怖くて佳枝を正視できないのか、鶴子の方を見て聞いた。鶴子は何と答えようかと佳枝を窺う。支払いの際、佳枝とエステの責任者との間で口論になったのだ。佳枝は菜穂子の予約ファクスを見せてくれ、と抗議し、責任者はとうに捨てた、と答えた。口論している佳枝をよそに鶴子は革張りのソファにへたり込み、佳枝がむきになるのもやむを得ないと考えていた。佳枝があの男とどうセックスしているのか、もっと詳しく知りたくなったのは、さっきのマッサージがきっかけだからだ。

「良かったわよ」

なかなか答えられない鶴子を差し置き、何食わぬ顔で佳枝が答えた。佳枝の乳首はさんざんいじられて腫れ、ブラに擦れていることだろう。私と同様に。「後でお仕置き」。佳枝の言葉が蘇り、鶴子は思わず菜穂子の顔を見る。菜穂子の怯えた顔は、女同士でも苛めてやりたくなることがあった。そんなことも露知らず、菜穂子は大きな目を見開き、何か問いたそうに佳枝を観察している。そして、半ば義務のように、もう一度鶴子に尋ねた。

「鶴子さんはどうでした」

「びっくりしたけど、ああいうマッサージもあるのね」

「え、何が」菜穂子の顔に不安が浮かび、視線が落ち着かなく揺れ始めた。「あたし、何か間違えましたか」

とうとう佳枝が口を開いた。

「あのさあ、菜穂子ちゃん。東京からエステにファクスした時、何て書いたの」

「フェイシャル希望って書いたはずですけど」

「あたしたち、尖胸術されちゃったのよ」

「センキョーって何ですか」

菜穂子が素っ頓狂な声を上げたので、鶴子が胸を持ち上げる真似をしてやったら、菜穂子は爆笑した。

「へえ。胸が尖るってマッサージですか。それってナイスじゃないですか」

「良くないわよ。男に揉まれたいわよ、ねえ」

佳枝は怒気を孕《はら》んだ声で、鶴子に同意を求めた。鶴子は仕方なしに笑って誤魔化す。でも、あんた感じてたじゃない。そう言いたくなる。菜穂子が取りなすように、紙袋から烏龍茶《ウーロン》の包みを出した。

「烏龍茶をお土産に買いました。余分にあるから、佳枝さんと鶴子さんも要りませんか」

「あたしは専門店で買いたいの」

佳枝の言い草に、菜穂子はさすがに頭に来たのか、黙り込んでメニューを広げた。佳枝も言い過ぎたと思ったらしく、メニュー選びを手伝っている。料理が運ばれてきた。どれも美味しかったが、会話はいっこうに弾まなかった。毎年、仲良く旅行をしてきたのに、今回は一日目から躓いている。しかし、口を開こうにも、あのことが頭にあってうまく話せない。佳枝の黒い陰毛の中に潜っていく指。のけぞった佳枝。佳枝のことをほとんど知らないのに、エクスタシーを目撃してしまった鶴子は困惑していた。

菜穂子が小籠包《しょうろんぽう》を見つめて言った。

「良く出来てる、この小籠包。さすが」

佳枝が紹興酒の入ったガラスの杯をこつんとテーブルに置いた。目が据わっていた。

「あのさあ、菜穂子ちゃん。今日は告白ごっこしようよ」

「え、何をですか」

菜穂子の目の周りが酔いでほんのりと赤くなっている。視線はテーブルに落としているのでわからないが、菜穂子にはいつもと違う不穏な雰囲気があった。

「あなたが今まで一番良かったセックスってどういうの。さあ、皆でそういう話しましょうよ。鶴子さんもしなくちゃ駄目よ」

「ええ、何でですか」

「理由なんてどうでもいいじゃない。言わなきゃ駄目」

佳枝は冷たく言い放った。

「どうしよう」

菜穂子は周囲を見た。客は中国人ばかりで、誰もこちらには注意を払っていなかった。

「大丈夫。あたしたちがエッチなことを大声で喋ったって、誰にもわかりゃしないわよ」

「それもそうだ」

鶴子は合いの手を入れた。二人の秘密を知りたくて堪《たま》らない。というか、佳枝と菜穂子の喧嘩を見届けたかった。

「菜穂子ちゃんは、どんな男と初体験したの。知りたいわ」

佳枝は昂奮しているのか、箸で摘んだ小籠包から、澄んだスープをぽたぽたとテーブルにこぼしていることにも気が付かない。菜穂子は困ったなあ、という具合に頭を掻いてみせた。

「あたしは父親なんです」

「作ってるよ」佳枝が即座に言った。「菜穂子ちゃん、ウケ狙いじゃないの」

たちまち、菜穂子の目が潤んだ。

「本当なんです。おぞましいけど本当。あたし、ずっと苦しんできたんです。あたしの父親って変わっていて、あたしが生まれた時に女の子だっていうんで、『しめた』って叫んだような人なんです。生物学的に観察できるからって」

「あなたのお父さん、何してる人なの」

思わず鶴子が尋ねると、佳枝はしっと手で制した。

「鶴子さん、後で後で」

「父は中学の英語教師です。最後は教頭かなんかにまでなったらしいけど、大学の時に縁を切ったから知らない。まだ生きてるみたいですよ。あたしが物心ついた頃から、父はあたしに足を広げさせてあそこの写真を撮ってました。後でわかったんだけど、あたしが赤ん坊の時から、性器の成長記録を撮ってたんです。結婚してすぐ、こっそり実家に帰って探したけど、見付からなかった。夫に話したら、実物を見たいって言うので、奪いに行ったんですよ。でも、なかった。きっと始末したんでしょう。あたしの夫って、その写真のためにあたしと結婚したんじゃないかなあ。嘘だろうって言われて頭に来ました」

「お母さんは知らないの」

鶴子には制した癖に、佳枝が真剣な顔で口を挟んだ。

「母は知りません。知っていたら、とっくに離婚してたんじゃないですか。父は夜中になるとあたしの部屋に入って来て、パンツを脱がせて撮影してました。中学二年頃まで続いていたかな。母に言い付けようと何度も思ったけど、母が可哀相でできなかったです。で、あたしが撮影を拒むようになったら、今度はあたしを犯すようになったんです。父親のペニスが入ってくるってすごいですよ。父親が男だなんて想像できます？　気持ち悪いですよ、ほんとに。だから、あたしは高校から全寮制の学校に逃げたんです。東京に出て、これで自由になったと思ったけど、まだトラウマはあるみたい。あたしはいいセックスなんて一度も知らないです。これでおしまい。いいですか」

菜穂子の目に涙がいっぱい溜まり、手が細かく震えていた。佳枝はこんなはずではなかったという顔で唇を噛んでいた。鶴子は、すっかり冷えた鶏のレバー煮込みを食べながら、菜穂子に聞いた。

「菜穂子ちゃんはさ、お父さんとセックスした時、全然気持ち良くなかったの？」

菜穂子は顔を上げて、目尻の涙を拭いた。いつものように視線が揺れ始めていた。菜穂子はその場その場で、誰かの評価を気にしている。選んでいる最中なのだ、と鶴子は思った。旅行中は常に佳枝しか気にしていなかったが、急に鶴子の側に寄りそうな気配がある。佳枝が、鶴子に抗議した。

「感じるはずないでしょう。どうして鶴子さんはそんな発想できるのかしら。あたしは父親となんか想像もできないわ」

佳枝の言葉に反発するように、菜穂子は唇を尖らせた。

「じゃ、本当の本当のことを言います。佳枝さん、軽蔑しないでください。あたし、父親が好きでした。だから、気持ち良かったこともあるんです、誰にも言ってないです、夫にも。あたしは狡いから被害者の振りしてたんです。あたしは父親が好きだし、あそこを見せるのも、父が舐めたりいじるのも大好きだった。気持ち良かった。父のペニスってすごく小さいんですよ。子供の時って抱っこされるじゃないですか。七、八歳の時からですけど、その時にいつも後ろから入られてました。最初はお風呂の中だったけど、その後は、あたしからパンツ下げて、父の膝の上に乗ってたんです。最初は愛撫みたいなものだったけど、いつの間にか、エクスタシー感じるようになってしまって、やめられなくなってました。あたしたちは、いつも引っ付いて座ってました。父があたしを後ろから突いて、そのうち、二人で上下に揺れていくんです。あたしが大きくなってからは、おっぱいも触るようになって。こんないいこと、みんなやってるのかと思ってたくらいです。高校から寮に入ったのは、父の発案なんです。でないと、あたしが将来、正常な生活を送れないだろうと思ったんでしょう。あたしが成長したんで、父の方で急に社会的になっただけ。父はそれでいいでしょうけど、あたしは捨てられた気がして、ぐれて疎遠になったんですよ。これが真実です。だから、あたしは男とのセックスって、当然のように男の膝に跨《また》がるものだと思ってたんですね。正常位なんて絶対にできないし、いかない。これがあたしの問題点なんですよ。あたしはファザコンで、永遠に子供でいたい女なんです」

佳枝は、火を点けた煙草を吸うのも忘れ、唖然としている。鶴子は佳枝を指さした。

「佳枝さんも言わなくちゃ」

「そうですよ。発案者なんだから」

菜穂子はすっきりした顔で、残っていたライギョの卵入りスープをお玉で掬《すく》った。佳枝は形のいい指に嵌《は》めたトルコ石の指輪を右手で触っていた。その指輪があの男から贈られたものだということは最初の旅行で聞いていた。

「台北で言ったじゃない。あたしはあの人を好きだって」

「セックスの話は聞いてませんよ」

菜穂子がスープを啜《すす》った。

「勘弁してよ」佳枝は肩を竦めた。「だって、菜穂子ちゃんの話、強烈だから、あたしのなんか面白くも何ともないわ。悔しいけど、全くノーマルなセックスなんだもの」

「さっきみたいに、いくの」

鶴子は意地悪く聞いた。何のことかわからない、と鶴子の顔を見た菜穂子に、説明してやった。

「エステで、佳枝さん、いっちゃったのよ。エステティシャンのテクが凄かったからね」

「やめてよ、言わないで」佳枝が肩を落とした。「ああいう瞬間って、相手の男しか知らないでしょう。それを見ず知らずの女の前で見せちゃったから、あたし恥ずかしかったのよ。だって、嫌じゃない。あたしが今、変になっているのはそのせいなのよ。ごめんね、菜穂子ちゃん」

「許さないですよ。佳枝さんは謎なんだから、話さなくちゃいけません」

菜穂子の言い方がきつくなっていた。心を開き、紹興酒の杯を重ねているうちに、菜穂子の押し隠していた面が露わになってきたのだろうか。支配的な佳枝に対する反感らしい。

「あたしのどこが謎なのかしら。あたしは、中年になっても皆にちやほやされたいだけの甘い女よ。キャリアも中途半端。これといったヒット作も出してないし、女子大生がなりたがる児童書の編集をやって、かっこつけてるだけ」

「そんなの、みんな知ってますよ。でも、セックスだけは知らないです」

佳枝の目に怒りが燃え上がった。

「悪かったわね。菜穂子ちゃん。何で言わなくちゃいけないの」

「あなたが言えって言ったんじゃない」

鶴子と菜穂子は声を揃えて叫んでいた。何ごとかと店中の客がこちらを振り返った。佳枝は照れ隠しか、川エビの赤い皮を剝き始めた。

「ごめん、そうだったわ。じゃ、言うけど、その前に約束してよね。誰にも言わないでよ」

「言わないわよ。今夜はヰタ・セクスアリスごっこでしょう」

鶴子は佳枝を促した。やれやれ、しょうがないなあ、と苦笑し、佳枝は誰にともなく話し始めた。

「あたしの初体験は、大学生の兄の友達。平凡でしょう。高校一年の時よ。兄の友達が家に来た時、誰もいなかったから、あたしの部屋でやったの。痛いだけで、あまり楽しいとは思えなかったわ。それからは声をかけてくれる男とはだいたい寝たわね。でも、たいがい一回限り。満たされないのよ。あんな恥ずかしい格好して、痛い思いして、妊娠の恐怖もあるのに、つまらないのよ。だけど、新しい人に会う度に、今度は違うんじゃないかって期待があるから寝るのはやめられないのね。恋愛もしなかった。会社に入ってからも、かなりの男と付き合ったわ。あなたたちが知っている名前も沢山あるでしょうね。副社長ともやったし、専務、作家、同僚、イラストレーター、他社の部長、いろいろいたわ。男関係は派手に見えるけど、人間関係というほどのものではないの。誰も好きにならなかったから。寂しい人生だと思うわ。今、付き合っている彼とは確かに長い。あいつはあたしとウマが合うから、続いているのよ。人間として好き。でも、そいつとのセックスは普通よ。抱き合って入れて、それだけ。感じない訳じゃないんだけど」

「だけど何？」

鶴子の質問を、佳枝は受け流したいとばかりにしばらく沈黙した。店員が空いた皿を片付けに来たので、鶴子はビールを注文した。やたら喉が渇いていた。生温《なまぬる》いビールに口を付けた後、佳枝は意を決したように続けた。

「これって本当に感じていることなのかな、といつも疑問があった。あいつはあたしに排泄しているな、と感じる瞬間があってね、それが嫌なのよ。一度、あいつがあたしのあそこにバイブを入れたことがあった。あたしが痛がっているのに、あいつはその格好を見て昂奮して、オナニーしてるの。あたしは何でもやらしてあげるからね。あたしはあいつのいいセックスパートナーなんでしょうね。あたしは男の前では玩具でしかないの。だからね、エステはショックだった。あたしは前からずっと自分が自分でないような気がしてたのよ。わかりにくいわね。はっきり言うけど、あたしはレズビアンなんだと思う」

さすがに鶴子も菜穂子も驚いて、顔を見合わせた。佳枝は二人を見て、微笑んだ。

「あたしもびっくりよ。あたしは女と寝たかったんだってやっとわかったんだもの、四十八歳にして。告白すると、菜穂子ちゃんのことも好きだ、と思うことがあって、その中身はどういうことかと言うと、寝たいってことだったのよ。意識してなかっただけ。さっきのお父さんの話は結構ショック。あなたを男に汚された感じがした。ごめんね、こんなこと言って。あたしは今日カミングアウトしちゃったから、女の恋人でも作ってみようかな」

「濃いですね、今日は」

菜穂子が溜息を吐《つ》いた。

「菜穂子ちゃんも、この人が同性愛者じゃないかってうすうす知ってたの」

鶴子は司会者よろしく、菜穂子に尋ねる。菜穂子は、泡が消えて黄色い液体と化したビールの入ったグラスを握ったまま、首を振った。

「いいえ、あたしのことを可愛がってくれてるのかなと思ってました。あたしはその気だけはないもんで」

「さあ、いよいよ鶴子さんの番ね。あたしは全部喋ったから。それから言っておくけど、鶴子さんは別にあたしの趣味じゃないわよ。あたしは細身で自信のない女が好きなんだから。あたしはそういう女を可愛がりたいの。かなりＳっぽくね」

「ドンピシャじゃないですか。あたし、Ｍですよ」

菜穂子が自分を指して笑った。

「じゃ、合うかもね」

「でも駄目ですよ。あたしはおっさんが好きなんだから。それも自分を小さな女の子扱いにしてくれる男がいいの」

「あと、ペニスが小さくなきゃ」

「それはもうないけどね」

二人は笑って、見つめ合っている。鶴子の話なんか、もうどうでもいいみたいだ。鶴子が誰も注《つ》いでくれない空のグラスにビールを入れようとすると、菜穂子が慌ててビール瓶を奪い取った。

「すみません、気が付かなくて。さ、次は鶴子さんの番ですよね」

「そうそう、聞かせてよ」

たいして関心のなさそうな口調で、佳枝が顔を上げた。腕時計を覗き込みたそうに、左腕をちらちら見ている。食事の後に、夜景の見えるバーに寄ることにしている。鶴子は勿体ぶった。

「わかった。じゃ、あたしも誰にも言わなかったことを話すわ。これから話すことは、今夜限りで忘れてちょうだい。あたしもあなたたちの話を忘れるから。あたしの話は、本当にあったことだけど、出来過ぎだと思ったら、事実でなく妄想と考えて貰ってもいいわ」

「どっちなの。妄想じゃつまらない」

菜穂子が頬杖を突いて呟いた。

「聞いてから判断してよ。でも、佳枝さんみたいなキタ・セクスアリスではないわ。あたしは誰にも言えない経験をしたことがあるの。人生観がはっきり変わったわ。どんな風に変わったかと言うと、人間って本当にわからないってことかしら。あれはあたしが菜穂子ちゃんよりもう少し若い時だったかな。実はあたし、奴隷として売られたことがあるのよ」

「奴隷？」意外だったのか、佳枝が大きな声を上げた。「奴隷だったの、あなた。いつのこと」

「あなたはあたしが会社を一カ月休んだことがあるの知らない？　病欠にしてリハビリしていたのよ。心がちょっと変になってね。なかなか、普通の生活に戻れなくって」

「どこで奴隷として売られたんですか」

菜穂子がごくっと生唾《なまつば》を飲んだ。マゾだから昂奮しているんだ。鶴子は菜穂子を見据えて話し始めた。

「国内よ。差し障りがあるから、国内のある島ということにしておく。でないと、あたしも危ないからね。島の場所は口外しちゃいけないの。その島は、無人島ではないけれども、会員制リゾートで会員以外は絶対に入れないの。難破船も追い返されるって聞いたわ。なぜ、そこに行ったのかと言うと、六本木のクラブで知り合った男に誘われたのよ。男はカウンターで飲んでいるあたしの横に来て、こう言ったわ。『あなたふくよかでいいですね。アルバイトしませんか』って。『会員制のリゾートでヤンエグの集まるパーティがあるんだけど、そこに一日来るだけでいいお金になるから。ただし、誰にも言っちゃ駄目』って。怪しいと思ったけど、その頃のあたしは仕事もうまくいかないし、男とも別れたばかりで荒《すさ》んでいたの。今のあたしはおばさんになっちゃったから信じられないでしょうけど、昔のあたしは色白でちょっと太めの女だったのよ」

「知ってるわ。あなた、可愛かった」佳枝が頷いた。「むちむちしてた。あの頃のあなたなら、あたしいいな。あたしの好みって歳と共に変わっていくのかもね」

「佳枝さん、鶴子さんの話を聞きましょうよ」

菜穂子が佳枝を遮った。佳枝は黙り込んだ。

「話を続けるわね。で、あたしは男の誘いに乗った。仕事は一泊でパーティのコンパニオン。衣装は貸与、宿泊設備もあって、往復の船代は無料、それで十万円の報酬って約束だった。お盆休みだったし、何もすることがないから丁度いいやって思った。その晩、晴海埠頭から船が出たわ。小さな漁船みたいな船なのよ。クルーザーとか思ってたから、がっかりしたけど、あたしみたいな女が十人は乗っていたので心配はしてなかったの。他の女たちは、十代の子がいたり、あたしくらいの歳の人がいたり、いろいろだったわね。意外だったのは、五十代や六十代の女もいたこと。不思議だったけど、パーティのホステスっていろいろいるじゃない。だから、和服姿やバニーとか、取り揃えたいのかなと思っただけ。勿論、覚悟はあったわ。身を売ってもいい、と思ったのも事実よ。変な言い方だけど、あたしは騙されに行くんだ、人生変えるんだ、と勇んでいたのね。だけど、事実はもっとすごかったの。あたしは甘かったのよ。

夜、船着き場に着いたら、ヤクザみたいな男たちが数人暗闇から現れてね。裸になってこれに着替えろって言うのよ。見たら、粗末な白い木綿のワンピースなのよ。頭から被って着るだけの貫頭衣みたいな服。どこがパーティなんだろうと、あたしたちは驚いたわ。

『ここで、こんな服に着替えるんですか』

『そうだ、早くしろ。下は裸だ』

男が苛々したように怒鳴った。パーティじゃないのかって食ってかかった女の人もいたけど、男たちが警棒のような物でお腹を突いて脅すのよ。無言だったから怖かった。あたしたちは埠頭で荷物を傍らに置き、がたがた震えながら急いで服を脱いだ。想像できる？　夜の埠頭で丸裸になったのよ。でも、誰にも知らせないまま島に来てしまったんだし、相手はヤクザだから命が危ないと思った。海に落とされたら終わりなんだもの。やっと服に着替えたら、後ろ手に手錠を掛けられて太い鎖に繋がれたの。

『奴隷みたい』。若い子が泣きだした。そしたら、サングラスに黒いスーツの中年男が、『その通りだ。お前たちはこれから奴隷市場に出されるんだ』って。あたしたちは顔を見合わせたわ。ヤンエグのパーティのはずが、奴隷市場よ。それでもまだ、余興のうちかなと思わないでもなかったの。全員、数珠《じゅず》繋ぎになって島の暗い道を歩かされたわ。行く手に白亜の洒落た建物が見えた。ほとんどの女が泣いていた。馬鹿なことをしたと思ったんでしょうね。でも、あたしは泣かなかったわ。どんな目に遭うのかわからないけど、ともかく命が助かればそれでいいんだ、と思ったのね。

奴隷市場は、ホテルの地下のパーティルームだった。広い部屋に、五、六十人の男がひしめいていた。汚いオヤジばっかりよ。太った醜い男たちが、天狗とかひょっとことか、馬鹿みたいなお面被って、良心を麻痺させているの。皆、グラスを片手にざわざわ話していた。あたしたちは、男たちの前に鎖に繋がれたまま引き出されたわ。しんとして会場が暗くなり、舞台だけにライトが当たった。奴隷の競り市《せ》が始まったのよ。手錠が外されたと同時に、鋏《はさみ》を持った司会者が女の服を切り裂いて裸にして、一人ずつ競りにかけるの。司会者は、付け髭で阿呆らしいローマの奴隷商人の格好なの。最初の女は、二十代後半の少しすれた感じの子だった。他の子は待つ間にほとんどべそをかいていたけど、その子は、怒って会場を睨み付けていた。そしたら、憎たらしいと思ったんでしょう。会場から声がかかった。『見せろ』って。ああ、ここからはあたしもさすがに言いにくいわ」

鶴子が躊躇《ためら》うと、菜穂子が掠れた声で言った。

「あそこを無理矢理見せられたのね。SMの世界って本当にあるのね」

「あるのよ。男たちが寄ってたかって、泣き喚くその子を押さえ付けて、うつぶせにした。そして、観客に向かって両手でこうやってお尻を裂いて見せたのよ。喜んだ観客がわーっと駆け寄って、覗き込んで値を付けたわ。百万とか、百三十万とか。一番高く値を付けた客に、その子は連れて行かれた」

「じゃ、鶴子さんもされたの」

佳枝が目許を赤く潤ませて聞いた。菜穂子も身を乗り出している。

「そうよ。ああなったら、もう誰も止められないんだってよくわかったわ。十人の女全員が男たちの前で、開脚させられた。あたしの番が来た時、あたしはもう感覚が麻痺していたわ。ところが、あたしだけはもっと違う目に遭ったの。あたし、ほら胸が大きいでしょう。そしたら、観客が舞台に上がって来て、触らせろって言うのね。面白がった数人の客が一緒に舞台に上がった。そして、あたしの胸を摑んだり、お尻を撫でたりした」

「鶴子さん、昂奮したんでしょう」

菜穂子がさっきの復讐とばかりに聞いた。鶴子は苦笑した。

「その時は何が何だかわからなくて、それどころじゃなかった。快楽というより、屈辱で、それよりも恐怖の方が勝っていた。男たちに何をされるかわからないという。そしたら、胸を摑んだ男があたしを百二十万で買ったのよ。値段的には普通だった。一番高いのは、十代の女の子で、その子は処女という触れ込みだったのよ。確か五百万だったもの。次に高いのが意外なんだけど六十代の人。その人は三百万くらいだった。一番安いのは、二十代前半の子だったわ。

あたしは裸のまま、買った男に別の部屋に連れて行かれたの。部屋は二十畳くらいの大きさで、真ん中に産婦人科の台みたいなのが置いてあるのよ。怖かったわ。そこで、この男にレイプされるんだろうと覚悟していたら、違ったわ。もっと酷いことが待っていた。突然、部屋に他の男が十人くらい入って来たのよ。男の友達同士がグループであたしを買ったのよ。安い娯楽でしょう。一人十二万であたしを玩具にできるんだから。あたしはそこでいろいろなことをされたの。台に縛り付けられて、口の中にペニスを入れられ、両方の胸はそれぞれ違う男にいたぶられ、あそこを広げられて、器具を入れられた。おしっこをかけた人もいるのよ。傷を付けてはいけないということになっていたらしいけど、そんなこと誰にも止められないでしょう。毛を剃られた子もいたし、危うく火を点けられそうになったおばさんもいたって。鞭で叩かれるのなんて当たり前よ」

「レイプもされたのね」

「いたずらに飽きたら、台から下ろされて代わる代わる、レイプされたわ。レイプに飽きると、四つん這いになってお尻を見せてろって命令された。男たちはあたしのお尻を見ながら、そこで酒を飲み始めた。気が向いた男がやって来ては、触ったり、ペニスを入れるの。歯止めが利かなくなると怖いのよ。最初に競りにかけられた子は抵抗したらしくて、とうとう縛られて天井から吊るされたって」

佳枝も菜穂子も、息を弾ませている。自分を見る二人の視線に尊敬が加わった気がする。鶴子は腕時計を見た。午後十一時二十分。レストランの客はいつの間にかいなくなり、店員たちが手持ち無沙汰に突っ立ってこちらを眺めていた。

「そろそろ行きましょうか」

鶴子は先に立ち上がった。佳枝も菜穂子もすぐには立てないらしく、鶴子を見上げた。

「凄い妄想ですね。あたし負けました」

菜穂子が完敗したとばかりに頭を下げた。鶴子は笑って財布を取り出した。佳枝は鶴子の話を信じたらしく、心配そうに尋ねた。

「その島からは無事に戻れたの」

「ええ、次の日の夜には帰れたわ」

「ああ、良かった。あたし心配しちゃった」

あんたは人が好《い》い、と鶴子は思った。鶴子は今でもパーティがある度、島に通っているのだ。でなきゃ、どうしてあの高いマンションのローンが払えようか。私はお嬢さんじゃないのだから。

「来年の旅行先だけどね。皆でその島に行かない？」

鶴子の提案に、佳枝と菜穂子が唖然として動きを止めた。佳枝が痰《たん》の絡んだ声で聞く。

「本当の話なの？」

「本当だって言ってるじゃない。男の欲望は果てしないわ。あたしもあなたも、歳を取れば取るほど、需要は増すのよ」

「あたし、行こうかな」

菜穂子が目を光らせた。

浮島の森

今夜は夫のゼミの学生が三、四人遊びに来るというので、伊藤藍子は枡《ます》で米を量っていた。若い学生は、酒を沢山飲むし、よく食べる。冬場は安上がりな鍋料理と二級酒を用意して、後で大量の握り飯を出すのが、藍子のやり方だ。が、夫の龍平は、もう少し旨い物を食わせてやれよ、などと言うのだった。私大の教授と雖《いえど》も、著書がほとんどない龍平の収入では、始終、客を招《よ》んで馳走する余裕はない。龍平のもてなし好きは、龍平の伯父、赤木祥吉にそっくりだった。赤木と再婚した自分の母親が、赤木はお金がない時も平気で客を招ぶから何も出せないのが恥ずかしい、と愚痴をこぼしていたことを思い出して、藍子は苦笑した。

二月、北向きの台所は底冷えがした。応接間だけが八角形の凝った洋館造りになっている古い和風住宅は、ハイカラ好みの龍平の趣味に適《かな》っていた。住宅や衣服、文房具などの小物に凝るところも、龍平は赤木とよく似ている。その赤木も、一昨年、新宿区矢来町の自宅で倒れ、亡くなった。顔も趣味も、相似形のような伯父と甥に、それぞれ嫁いだ母親と娘。この奇妙な関係も、時間が経つにつれて、縺《もつ》れた糸が解けるように単純な一本の線になるのだろう。藍子はそんなことを考えながら、足元に小さな電気ストーブを点けて、一升の米を研ぎ始めた。水道の水が凍るように冷たく、水を替えて研ぐうちに指先の感覚がなくなった。

「お母さん、お客様よ。応接間のストーブ、点けておこうか」

次女の直子が伝えに来た。中学三年の直子は、高校受験を控えている。寝不足らしく、顔色が悪かった。玄関の真上に勉強部屋があるので、いち早く来客に気付いたとみえる。

「あら、どなたかしら」

藍子はエプロンで手を拭き、末娘に尋ねた。手が真っ赤になっているので、慌ててストーブにかざして暖める。

「出版社の人だって。お母さんと話したいって」

直子は目を輝かせて答えた。また来たのか、と藍子は思い、エプロンを外してから、直子に応接間のガスストーブを点けるよう命じた。藍子は、かじかんだ指で黄土色の厚手カーディガンの毛玉をひとつふたつ取り、めくれていた焦げ茶色のウールスカートの裾を直した。玄関に向かう廊下を歩きつつ、これで何人目だろうと思った。

父が亡くなって半年。当初は、藍子のところにも新聞や週刊誌から取材が相次いだが、一度も応じていない。藍子の実父は、作家の北村敬一郎だ。しかし、藍子は戦前に伊藤龍平の元に嫁いで以来、疎遠とは言えないまでも、頻繁な行き来はしていなかった。北村の側には、三番目の妻、幸子とその姉妹、連れ子たちがぴたりと寄り添っていた。北村は、藍子の母親と離婚してから二度結婚し、三度目の結婚で得た妻、幸子を一番、そして死ぬまで愛したのだった。

色ガラスの嵌《はま》った玄関ドアを背にして、黒縁の眼鏡を掛けた初老の男が立っていた。黒のコートを手にし、紺の背広に白い模様の散った黒いタイを締めているのが、白髪によく似合った。男はにこやかな表情で藍子の目を見た。

「藍子さん、覚えておられないと思いますが、石鍋要でございます」

石鍋は、恭《うやうや》しく名刺を差し出した。「文壇社　出版部長　石鍋要」とある。文壇社という出版社名は知っていたが、北村や赤木がどれほどの付き合いがあったのかまでは知らない。藍子は首を傾げた。石鍋の顔を確かに見たことがあるような気がした。が、名前に覚えがない。思い出そうとして黙り込んだ藍子を、石鍋は微笑んで見守っていた。控えめでいながら余裕があって、逆に押し出しの強さを感じさせた。道理で、いつもはぼんやりの直子が、客間のストーブを点けようか、と気を回したのだと藍子は思った。

「石鍋様ですか。さあ、前にお目にかかったことがありますでしょうか」

「ありますよ。私は藍子さんとお会いした時、右手を火傷しましてねえ」

石鍋は、右手の甲の辺りにある小さな瘢痕《はんこん》を見せた。それは陽に灼けた甲の上で白く目立った。

あっ、と藍子は小さく叫んで、石鍋の顔を見上げた。三十年以上も前に会った、あの人だろうか。当時、藍子は十五歳になったばかりで、石鍋は新前の新聞記者だったはずだ。黒かった髪が真っ白になり、体が分厚くなってはいたが、人間の芯は変わっていなかった。石鍋の芯とは、溢れるような好奇心だった。石鍋は年を寄って、強い好奇心を滑らかな微笑で覆い隠す術《すべ》を身に付けたのだろう。

「ああ、今思い出しました。お久しぶりでございます」

「こちらこそ、ご無沙汰しております。私は、当時は新聞記者をしておりましたが、編集がやりたくて、戦後は文壇社に移りました」

「そうでしたか。それは失礼致しました。どうぞお上がりくださいませ」

藍子は、内心昂奮している自分を抑えるために身を屈め、スリッパを揃えた。手強《てごわ》い相手がやって来た、という直感があった。あの時も、しつこく粘る石鍋に、自分は癇癪《かんしゃく》を起こしたのだ。しかし、藍子は素知らぬ顔で石鍋が上がるのを待ち、応接間に案内した。先を歩く藍子の背丈を確かめていたらしく、背後から石鍋が言った。

「藍子さんは、あれからあまり背が伸びてませんね」

「そうなんですよ。私、チビですから」

「北村先生も、お背はあまり高くありませんでしたね」

石鍋はそんなことを言ったが、藍子は聞き流した。

応接間には造り付けの大きな本棚があり、北村と赤木の著作で埋め尽くされている。直子が点けてくれたガスストーブが、急速に部屋を暖めていた。漆喰《しっくい》の壁に水蒸気が付着しているのを、藍子はちらりと眺めた。ある客に、湿気は本に悪いですよ、と注意されたことがあったのだ。普段から、北村の著作は、無造作に本棚に差し込んであるだけだ。初版本や限定出版本など、好事家《こうずか》が見れば小躍りして喜ぶものばかりだ、と言われたこともあるが、生まれた時から本に囲まれて育った藍子には、別に珍しくも有難くも思えないし、また思いたくもないのだった。

だが、龍平は本という文物に格別の思い入れがあるらしく、自分の伯父、赤木の詩集や著書をきちんと年代順に美しく並べていた。龍平が北村の本を並べ替えようとしないのは、北村が藍子の実父なので遠慮しているか、北村という男を好まないのか、のどちらかだろう。藍子は、多分後者だ、と思った。北村は、自分の興味が失せた者たちに対しては驚くほど冷淡だったから、龍平を含む赤木家の人たちが厭《いと》うのも無理はなかった。赤木家は、和歌山の裕福な家の出で、代々文化を愛し、歌に秀で、友情にも篤かった。

しかし、伊藤龍平と藍子の家には、文学者たちとの深い繋がりを示す物は、この本棚以外に見当たらない。長男が就職して福岡に赴任して以来、夫婦二人と子供二人、時々学生たちが訪れて来る他は、雑然としつつも穏やかな日々の暮らしが続いている。それは藍子の希望でもあるし、生き方でもあった。

藍子は、龍平がジャカルタで買って来た木彫の灰皿を石鍋の前に置いてから、茶菓の用意をします、と告げて、いったん応接間を出た。台所では、直子が気を利かして湯を沸かしていた。直子は母親が戻って来たのを見て不満げだった。

「あたしに持って行かせてね」

「お母さんが持って行くわ」

「何だ、どんな話か聞きたかったのに」

直子は残念そうにぼやいた。直子が、祖父の北村敬一郎に大きな関心を寄せているのはわかっていた。数年前に文化勲章を貰った北村は、学生時代から小説を書き、数え切れないほどの作品を残した。作品のほとんどが傑作と賞賛されて、海外出版も多く、海外にも北村文学研究者がいるほどだ。自分が、日本中の誰もが名を知っている北村の直系の孫と知って、昂奮しない子供はいないだろう。しかも、父方の伯父、いや祖母の連れ合いが、これまた文化勲章を貰った詩人で作家の赤木祥吉である。だが、北村と赤木が祖母を巡って長く争い、絶交を経た後に赤木と祖母は再婚し、現在は北村と疎遠になっている、という事実を詳しく知るにつけ、上の子供たちは寡黙になった。長男の承平と長女の恭子は、北村と赤木、そして祖母と母、の複雑な人間関係に圧倒されてか、何も言わないし、祖父母については無関心を装っている。が、末っ子の直子は、まだ事情を把握していないのか、誇らしくてならないらしい。

「大人同士の話なんだから、あなたは顔を出しちゃ駄目よ」

藍子はぴしゃっと言って、注意深く淹《い》れた煎茶を、盆に載せて運んだ。応接間に戻ると、石鍋は瞑目して何か考え込んでいる様子だった。石鍋は気配を感じて振り向き、深々と頭を下げた。

「急にお邪魔して申し訳ありませんでした。何卒、お構いなく」

「いいえ、その節は失礼致しました」

「昔の話じゃないですか。それに私は光栄だと思っていますので、お気になさらないでください。私は藍子さんと偶然出会えたので、談話を取ろうと必死だったのです」

石鍋は、記念の傷だというように右手の甲を眺めた後、なおも言った。

「私は、藍子さんのご成長ぶりは、陰ながら見守ってきました。今はお幸せそうなので、本当に安堵しております。実は、赤木先生のご葬儀でも、北村先生のご葬儀でも、お姿をお見かけしたのですが、お声はかけませんでした。それにしても、赤木先生が亡くなられた翌年に北村先生も逝かれるとは、何か因縁を感じますね」

藍子は淑《しと》やかに頷いた。その赤木の葬儀に、北村は健康を理由に出席せず、弔電を寄越しただけだった。だが、直後、作品が映画化されるというので、出演女優たちと一緒にテレビ出演していた。冷酷さを感じる仕打ちに、母の日出子や夫が何を感じたかは言うまでもない。他人がどう思おうと、その時、一番大事なものを優先させる、北村はそういう人間なのだった。

晩年の赤木は、校歌の作詞に情熱を注いでおり、小説は一切書かない、いや書けなくなっていた。赤木はその埋め合わせのように、自宅に文学者を招び、赤木派閥と呼ばれる文学サロンを形成した。一瞬、藍子の脳裏に、『所詮は詩人だよ、詩人は清らかだからなあ、小説を書くのは悪人でなければばならないんだよ』と、甲高い笑い声を上げる北村の顔が浮かんだ。北村は、文学者同士の交流を嫌っていた。石鍋も出版社の編集者を長くやっているのならば、後年、赤木を相手にしなかった北村の傲岸ぶりを知悉《ちしつ》しているはずだ。

話が途絶えるや否や、石鍋が両手を膝に突いて頭を下げた。

「藍子さん、今日はひとつお願いがあって参りました」

「何でしょうか」

予想が付いていたが、藍子は空惚《そらとぼ》けて聞き返した。石鍋は、藍子の意志はわかっていると言いたげに、にやりとした。

「回顧録を書いていただく訳にはまいりませんでしょうか。是非ともお願い致します。北村先生の血を濃く引くのは、この世にあなたしかいません。しかも、あなたは数奇な運命を辿られた方だ。数奇と言っては失礼かもしれませんが、あなたのような運命を与えられた女性を、私は他に知りません。それも、文学者の子供故に、理不尽な目に遭ったのでしょう、違いますか。しかも、ただの文学者の子供だったら、そうはならない。あの非凡な北村先生のお子さんだったからです。そんなあなたの目から、父親としての北村先生を、もう一人の父親としての赤木先生を、そしてお母様の姿を書いてはいただけませんか。勿論、あなたご自身のことも。実は、私は藍子さんご自身の現在のお気持ちが一番知りたい。私は再来年、定年で社を去ります。その前に最後の仕事をさせてはいただけませんでしょうか。私はあなたの回顧録、いや随筆でも構いません、それを頂戴することができましたら、編集者という仕事に何も思い残すことはないのです。このことは、ずっと考えておりました。北村先生が亡くなられて半年、今なら伺える、と思って参上したのです。如何でしょうか」

石鍋は真剣な表情で一気に喋った。藍子は答えるのも忘れて、ぼんやりしていた。数奇な運命。人は自分をそう思っている、と新鮮な見方を与えられたような気がして、言葉を反芻していたのだった。

藍子は、十五歳の時、北村に離縁され、赤木と結婚することになった母親に付いて、北村の家を出た。自分は行きたくない、と訴えたところで、北村が承知するはずがないのは十五歳なりにわかっていた。北村は自分勝手で、興味を覚えたものにすぐ夢中になり、妻子のことなど念頭から綺麗さっぱり消えてしまう。いつも何かに魅入られていたいと願っている人だった。きっと、今度もまた母を放擲《ほうてき》して赤木に与える計画に夢中になっているのだ、と藍子は直感した。夫婦喧嘩も起きないほど冷たい距離を保った両親を傍《はた》から眺めているうちに、藍子の心にも、いつしか諦めが忍び寄っていたのだろう。両親の仲は決して元には戻らない、と観念もしていた。それに、赤木と暮らすのは、特に嫌だと思わなかった。北村の旧友である赤木は、藍子が小学生の頃からよく手紙を寄越し、当時は珍しいヨーロッパの土産物を送ってくれる、親切で頼りになる小父さんだったのだ。

　北村と赤木と母親の日出子は、話し合いの末、連名で書状を作り、関係者に送った。それが「妻譲り渡し事件」と名付けられて大騒ぎになる。非難の矛先は日出子に向かった。日出子は、不倫をしたふしだらな女と烙印を押され、藍子自身もカソリック系の学校を追放された。あれから、自分の浮遊が始まったのだ、と思う。

　他方、妻を取られた北村には同情が寄せられ、赤木は男気のある男として持ち上げられた。妻と娘を一度に捨てる、という北村の計画は、怖ろしいほどうまくいったのだった。赤木と日出子のプラトニックな恋愛も、北村と日出子の長い不和も、藍子の不運も、そもそもの発端となった北村の浮気も、三文小説のように他人の口から語られる下世話な話の中でうやむやになったり、特に取り上げられたりして、何が真実で何が嘘かもわからなくなった。ただひとつ明らかなのは、北村が都合の悪いことをすべて投げ捨て、晴れて一人自由の身になった、ということだった。が、北村も、藍子が学校を退学になる事態までは想定していなかったに違いない。退学処分と聞いた時の、北村の慌てぶりを思い出し、藍子は思わず笑いを堪《こら》えた。自分にも、北村譲りの人の悪さがある、と気付いたのはいつのことだろうか。

藍子の表情を窺っていた石鍋がもう一度聞いた。

「この件、如何でしょうか」

「申し訳ありませんが、お断りします」

答えを予想していたとみえて、石鍋は驚きもせずに食い下がった。

「なぜですか。理由を仰《おっしゃ》っていただけませんか。納得できたら、引き下がります。随分、勝手な言い草だとお思いでしょうが、私は北村藍子という、母親と一緒に譲渡された子供に興味があるのです。その子供の運命に興味があるのです。いけませんか」

「別にいけなくはありません。私も母も、興味を持たれることには慣れきっております。でも、他人様の好奇心のために、なぜ私が話題を提供しなくてはならないのでしょう。それに私は譲渡はされておりませんのよ。私は赤木の家に養子に入ったのではないのです。ずっと北村の籍に入っていましたから」

藍子は厳しくならないように笑いながら言った。この技術も長い間に会得したものだった。

「あなたを養子に出せば、北村家の跡継ぎがいなくなるからでしょう。北村先生もよく考えてますよ。あなたの養育を母上と赤木先生に任せっきりにして、ご自分はのんびりなさった」

「そうですわね。でも、父は私が嫁ぐまで、私の生活費や入り用のお金は送金してくれていたのですよ」

実際は、母と藍子が赤木の元に去った直後の北村の経済は破綻していた。税に追われるその日暮らしで、原稿を書かねば生活できなかった。北村の著作が人一倍多いのも、そのせいだった。放埒《ほうらつ》とは言わないまでも、持てる金をすべて遣ってしまう北村は、住居すらも所有できなかった。円本ブームで巨額の金を手にし、やっと手に入れた屋敷も、税金が払えなくなってすぐに売りに出し、次から次へと目まぐるしく家を取り替えた。引っ越す時は家具ごと置いていくのだから、渡り鳥のような生活と言ってもよい。藍子が、修学旅行費や医者の払いなどを請う手紙を出しても、「遠足を取りやめては如何」だの、「今月はこちらも金がなくて候」などと平気で書いて寄越した。

一方、赤木は矢来町の閑静な住宅地に洋風の家を建てた。蔦《つた》の絡まる洒落た石のアーチをくぐると、お伽の国の家のようなピンクの外壁をした洋館が現れる。サンルームやマントルピース、ニッチ。床は白黒のタイル張り、そして細工を施した鋳鉄《ちゅうてつ》製の螺旋《らせん》階段。建築家が何人見学に訪れただろうか。赤木のセンスの良さは、群を抜いていた。が、北村は赤木の趣味の良さ自体も、弱さの表れ、と小馬鹿にしていたように思う。その点も自分と似ているのかもしれない。藍子は、龍平の物への拘《こだわ》りを、時々冷笑している自分に気付き、ひやりとした。

北村は自分の父ではあるが、確かに冷たい、と藍子は思う。事件後、北村は、藍子がどんな目に遭ったか、具体的に知ろうともせず、赤木に任せっきりにした。『あなたに罪はないのはわかっています。が、いくら文人だからと言って、人の道を外れた家庭の子女を置いておく訳にはまいりません』とは、藍子を放逐した聖女女学院のイギリス人シスターの言葉だった。ブンジンと発音した時の抑揚も声も、はっきりと覚えている。

作家だからこそ、人並み外れた道を行かなければならない、悪人として生きるのだ、と北村は常に言った。いつの間にか、自分も母もその価値観に染まって生きていたのかもしれない。藍子が、良家の子女が通う聖女女学院に入った頃は、北村も景気が良く、大阪に豪邸を買って意気揚々と暮らしていた時期でもあった。金持ちや遊び人、映画監督や女優らが始終出入りし、理由もなく藍子に高価な贈り物をくれたり、映画や宝塚に連れて行って特等席で見せてくれたりもした。しかし、世間は文人の思い上がりを許さない。自分が生きていた世界は特別な場所だったのだ、と藍子は思い知った。結局、聖女女学院を追放された藍子はどこにも入る当てがなく、その年は休学せざるを得なかったのだ。翌年、やっと見付かった東京の学校では、学校中の生徒が、藍子を見物に来た。長じてからも、藍子の父親が北村だと知ると、必ずや驚かれ、常にひそひそと囁き声が聞こえる気さえした。藍子の体と心を鎧《よろ》う鉄はどんどん分厚くなった。だとすれば、この生き方も、人並み外れた道を行く作家の生き方と同じではないだろうか。藍子は、父と離れてから逆に父に近付くような気がしていたのだった。

「こんな言い方をして申し訳ないのですが、藍子さん、あなたには書く義務があると私は思うんですよ」

石鍋が煙草をくわえて言った。

「何の義務でしょうか」

藍子は石鍋の方に灰皿を押し出し、石鍋の顔を見た。石鍋の目が熱を帯びている。

「偉大な文学者の子供として、父親について語ることです。そして、あなたがどういう思いをして育ってきたかを語ることです。それはすべて文学に捧げられるものだと思います」

藍子はつい笑ってしまった。

「石鍋さん、失礼ですが、それは買い被りではないでしょうか。文学なんて、どうということのないものです。すべて父の頭の中から生まれた妄想に過ぎません。私にはそんな義務はありません」

藍子の言葉を聞いた石鍋の顔に、怒りが過《よ》ぎったように見えた。その表情は、石鍋と初めて会った時の出来事を彷彿《ほうふつ》とさせた。

「なぜ、そんなにご自分を隠されるんですか。正直に言いますとね、私は、別に幸子夫人の回顧録なんて読みたくないんです。読む前に内容はだいたいわかりますから。どうせ、うちの社にはくださらないから、というつまらない理由ではありません。これまでも先生ご自身が率直に書いておられるし、夫人も語っておられる。それより、あなたが書く方が断然面白い。あなたの気持ちを知りたい」

藍子は、正面にあるガスストーブのせいで火照《ほて》った両頬を手で押さえた。石鍋は続けた。

「あなたはお子様たちのためにも書いた方がいい。お三人いらっしゃるんでしたっけ。お子様たちは、母上がどんな思いで生きてきたか、いつも考えていると思いますよ。そのためにも、書かれてみてはどうでしょう」

藍子は首を振った。

「私は書きたくはありませんし、書けません」

「あなたは書けます。私はあの時、やはり北村先生のお子さんだ、と驚嘆したんですよ」

石鍋は突然、右手を差し出した。火傷の痕。新宮《しんぐう》での出来事だった。時は同じく二月。


事件から半年近く経った冬、赤木は日出子と藍子を連れて故郷の新宮市に帰った。神倉神社で行われる勇壮な火祭、「お燈祭《とうまつり》」を見物するためだった。病院長をしている赤木の父親は、新しく家族になった母娘をいつも温かく歓迎してくれたし、金の無心という目的もあったから、赤木は二人を連れて始終帰郷していたのだ。藍子にとっても、三度目の新宮訪問だった。獲《と》れたての魚、柑橘類、新鮮な野菜。都会の物はすぐに船で到着した。材木の集積地である新宮市は、人も金も集まる豊かな土地柄で、赤木の実家はとりわけ裕福だった。もともと群馬の田舎出身の日出子はすぐ土地に馴染み、赤木の両親にも気に入られて、北村と暮らしていた時よりも遥かに元気になっていた。赤木は祭に北村も招待し、関係者一同が集まるのを楽しみにしていた。かように、赤木は人の好いところがあった。

だが、藍子の気分は重かった。赤木と母親に気を遣う新しい暮らしに疲れてきていたし、周囲の労《いたわ》りにもくたびれていた。学校という行き場を失ったことは、藍子をこれまでになく孤独にした。しかも、二月の祭は必ず見に行く、と約束した北村から「行けぬ」という手紙が来たのだ。父が来ない、とはっきりわかった途端、自分が父と会うのをどれだけ楽しみにしていたのかに気付き、俄《にわか》に寂しさが形を成して表れ出たように思われた。さらに手紙には、再婚するつもりだ、とも書いてあった。

「赤木小父は如何。小生、執筆が進まぬ故、南紀には行けぬことになり候。皆さんに宜しくお伝え下され度候。

報告があり候。小生、四月に結婚することに相成候。

相手は、文藝人社に勤める吉野たみえ嬢也。たみえ嬢とは今度会わせ度。

そのごたごた準備のため原稿が遅れ、南紀には行けぬ始末。

東京にはきっと行きますから。

父より

藍子さま

」

何とも素っ気ない手紙だった。北村の手紙は、文中に固有名詞の呼びかけがないのが特徴だった。家で母を呼ぶ時も、「お前」とか「おい」「きみ」しか言わなかった。照れているのか、面倒なのかはわからないが、こうして自分のことばかり一方的に書き連ねた手紙が来ると、さすがの藍子も悲しくなった。しかも、すぐに再婚すると聞けば、藍子の帰る家はどこにもないことになりはしないか。好きな母と一緒に居ても、赤木を父とは呼べないのだから、藍子の家庭とは言えない。それに、赤木と一緒にいる母が、日々、微妙に態度や言葉遣いを変えていくのを傍で見ていると、一人はぐれた気分になるのは否めない。

冬の新宮には珍しく、どんよりと曇った午後だった。二階から、白い煙が見えた。近くで普請をしているから、木屑でも燃やしているのだろう。藍子は下駄を突っ掛けて表に出た。毛糸編みのジャケットのポケットの中には、先刻届いた父の手紙が入っている。燃やしてしまうつもりだった。が、母から常々、手紙の扱いについては厳しく注意されていた。

「お父様から戴いた手紙は、どんなつまらない端書でもすべて取っておきなさい。後世の資料になるそうです。それと、あなたがよそ様に書く手紙にも充分気を付けなさい。内容は吟味して、決して自分の心の裡《うち》を曝《さら》け出してはいけません。どこをどう巡って外に出ないとも限らない。字は美しく、墨で書きなさい。恥を掻くのはあなたですよ」

教えに従い、これまでの手紙は文箱に大事に取ってあったのだが、藍子は急に馬鹿馬鹿しくなっていた。藍子が焚き火に近付くと、それまで火を囲んでいた大工たちがすっといなくなり、藍子は燃え盛る焚き火の前に一人きりになった。病院長の文人の長男が、同じ文人から妻を貰い受けてきた、という噂は、小さな町にも広まっていた。父から捨てられた娘が哀れ、と町の人々は勝手に藍子に気を遣っているのだった。そのことにもむしゃくしゃし、藍子は手紙をポケットから取り出した。

「きみ、北村藍子さんでしょう。そうじゃないですか」

突然、若い男に声をかけられて藍子は振り返った。黒いオーバーコートを着て、丸い眼鏡を掛けた痩せた青年が立っていた。

「顔がそっくりだから、すぐわかったよ。ね、そうだよね」

藍子は、北村に面立ちがよく似ていると言われていた。眉の弧の形と目の大きさなどは瓜ふたつだ。青年は藍子に出会ったことが嬉しくて堪らないらしく、喋るのを止められない様子だった。

「学校を辞めさせられて、休学したんだそうだね。気の毒だな。きみには罪がないのにね」

シスターと同じ言葉に、藍子は鋭い眼差しを向けた。

「どなたですか」

「これは失敬。僕は日日新聞の石鍋という者です。きみ、新聞記者なんかうんざりでしょう。それとも、お母さんに話すな、と言われてるのかな。ところで学校は決まったの」

「まだです」

「そうか。でも、長い休みだと思えばいいじゃない。それも考え方でしょう」

青年は快活に笑ってから、藍子が握っている手紙に気付いた。墨痕鮮やかな文字が目を引いたらしい。

「その手紙は北村先生から来たの」

「そうです」

「へえ、さすがに達筆ですね」

好奇心を剝き出しにして、石鍋は覗き込んだ。

「お読みになりたいですか」

藍子は聞いた。石鍋は子供のように何度も頷いた。

「あ、読みたい、読みたいです。いいですか」

藍子は青年に手渡すふりをして、手紙を焚き火に投げ込んだ。封書は炎の勢いでふわりと浮き上がったように見えて、瞬間、めらめらと燃え上がった。石鍋が燃える手紙を摑んだが、すぐに手放した。「あっちっち」と叫んで呻く石鍋をよそに、手紙はあっという間に黒焦げになった。自分では気付かなかったが、藍子は笑っていたらしい。石鍋が驚いた表情で藍子を見返したので、藍子は慌てて目を逸らせたのだった。

「すみませんでした」

「いや、いいですよ。こっちが甘かったんです。北村先生のお子さんですものね。そう簡単にいく訳ないやね。ところで、赤木先生はご在宅ですか」

石鍋は痛みを堪えているらしく、顔を歪めて聞いた。

「さっき、母と散歩に行きましたけど」

「いや、病院の先生の方です」

赤木の父に火傷の治療をして貰うつもりなのだろう。頷くと、石鍋は提げていた黒い鞄から紙の束を出した。

「これ読みますか」

雑誌を切り取って綴《と》じ、仮表紙を付けた物だった。藍子はひと目で、文芸誌の「改造」であることがわかった。掲載があった時、北村が母に命じて刷り出しを整理させていたからだ。藍子が戸惑って手を出しかねていると、石鍋は「あなたにあげますよ」と無理矢理手渡し、火傷を負った右手を庇《かば》うようにして、病院の方角に去って行った。後味の悪さを覚えながら、藍子は焚き火の前で仮綴じの表紙を読んだ。「宝物譚　赤木祥吉」とある。大正十年の掲載だから、かれこれ八年前の作品だった。

藍子は自室に戻って『宝物譚』を開いた。読んでいるうちに、夢中になって時間が経つのを忘れた。それは、赤木が北村と日出子の不和を友人として眺め、日出子の相談に乗っているうちに、日出子に心を移していく様を描いた実話に基づく小説だったのだ。「僕の結婚は失敗だった。あの女は馬鹿だ」と北村が日出子について吐き捨て、藍子のことも「子供なんか要らなかったんだ。病気で死んでしまっても構わない」とまで言う。しかも、不和の原因は、叔母の三津子と北村が恋愛をしたせいだとも書いてあった。すべてが初めて知らされる、大人たちの自分勝手な葛藤の記録だった。読んでいる途中、「ご飯ですよ」と母が呼びに来たが、お腹が空いていない、と断って、藍子は読み続けた。

ある個所で、藍子は叫びだしそうになって両手を口に当てた。北村が、三津子と二人だけで外出したいのに、日出子が一緒に行くと言ってきかないため、腹を立ててステッキで日出子を打擲《ちょうちゃく》する場面だった。藍子は、当時五歳だったが、その瞬間を目撃していた。いつしか記憶から抜け落ちていたのに、再びその時の衝撃が蘇った。幼い藍子が、怒鳴り合う声に驚いて玄関に出て行くと、父が靴を履いたまま家の中に駆け上がって来て、母にステッキを振り上げた。父は二度、三度背中を打ち、母は廊下に突っ伏して泣きだしたのだ。

藍子は次のページをめくるのをやめた。あれは悪夢などではなかった、本当の出来事だったのだ。あえかな記憶を、本当だよ、ともう一度念押しされたのが不快でならなかった。藍子は『宝物譚』を机の抽出《ひきだし》に放り込み、畳に寝転んで蜜柑を食べた。蜜柑の汁が跳ねて、目に沁みた。夕食を終えた赤木と母が二階に上がって来たのに、藍子は横たわったまま、蜜柑を頰張り続けた。襖を開けた母が、藍子の姿を見て仰天した。

「行儀が悪いことね。起きて食べなさい」

赤木の手前、恥ずかしかったのだろう。が、赤木はくぐもった声で低く笑った。赤木は、丸顔短軀の北村と対照的な風貌をしていた。西洋人のように上背があって、上半身に良い具合に肉が付いている。そして面長。ただし、両目の間が狭く、顎が引っ込んでいるので、魚に似ていた。赤木は魚顔でにこりともせずに、面白いことをぼそりと言うので人気があった。

「どれ、小父さんも寝ようかな」赤木は、藍子の隣にごろりと横になり、母親を呼んだ。「お日出さんもおいでよ」

不承不承、寝転んだ母と赤木に挟まれる形で、藍子は硬直したように天井を眺めていた。不意に赤木が、「蜜柑食う、吾子の涙は、片目だけ」と即興で詠んだ。はっとしたように母が縮かむのがわかったが、赤木はのんびりと着物の袖で眼鏡のレンズを拭いた。藍子は隣に横たわる母に言った。

「お母さん、お父さんは新宮に来られないんだって。手紙に書いてあったわ」

「こっちの手紙にも書いてあった。藍子、さぞかしがっかりしたでしょう」

母は北村の再婚については触れなかった。藍子への手紙に書いてないのなら、まだ知らせる必要はない、と思っているのだろう。黙っていると、母が片肘突いて半身を起こし、心配そうに藍子の顔を覗き込んだ。

「藍子、お父さんからの手紙を見せてご覧」

「焚き火で焼いちゃった」

「何でそんなことをしたの」

叱り付けようとする母を、まあまあ、と赤木が手で制した。そして、眼鏡を掛け直した後、「北村の手紙には、きっとこんなことが書いてあったんだよ」と誰にともなく言い、下手な役者の棒読み台詞風に呟いた。

「モウ、ダイブンナガク見ナイカラ
アナタノアタマノカミモ
ダイブンナガクナツタデセウ。

ソレヲ見ニ行キタイト思フガ
オヂサンハ貧乏デ行ケヌ」

藍子は天井を見つめたまま、赤木に抗議した。

「それ、一昨年、小父さんが私にくれた手紙でしょう。私、よく覚えてるわ。私のことを子供扱いしていると思ったから」

赤木が、乱杙歯《らんぐいば》を剝き出しにして笑った。

「それは失礼したです。藍子ちゃん、本当は北村のお父さんも、貧乏デ行ケヌなんだよ。あの男は見栄っ張りだから良くない。正直に書けないのだ。気にしなくてもいいよ」

北村は見栄っ張りではなかった。むしろ、異様なほど正直だった。自分の感情を隠すどころか、露悪的、偽悪的と感じられるほどに、周囲の人間を傷付けることを平気で言い、随筆にも書いた。だが、と藍子は思った。今、自分を慰めている赤木とても、『宝物譚』を書いていたではないか。皆が忘れ去りたいことを曝露し、母を傷付け、自分を傷付け、北村をも傷付けた。馬鹿正直に、事実をあるがままに小説に書く方が、人の心を壊すのではないか。

「藍子、手紙にお父さんが再婚するって書いてあったんでしょう」

母はすでに涙声になっていた。母は、藍子が北村の再婚を悲しんで、一人で泣いていたと思い込み、取り乱していた。藍子はその問いには答えず、誰にともなく言った。

「私、文人って大嫌い」

赤木は驚いたように藍子を見遣った。

「どうしてかね。それは小父さんも入っているのかい」

「入ってる」

「小父さんが嫌いなのか。そりゃ参ったなあ。どうしたらいいでしょう」

赤木は暢気さを感じさせる言い方をして、頭を掻いた。藍子は天井から吊られた電灯の笠を見ながら呟いた。

「小父さんの書いた小説を読んだわ。小父さんの小説のせいで、お父さんとお母さんは仲が悪くなったのよ。小父さんは、あれを書いた時、お父さんが憎かったんでしょう。だから、みんな滅茶苦茶になったのよ。全部、小父さんが悪いのよ」

とうとう母が泣きだした。赤木は、両手で頭を抱えた。

「わかってるよ。だからね、小父さんはもう写実小説は書かないことにしたんだよ。あの小説も本にする気はないし、途中でやめた。本当だよ、二度と書かないから。約束するよ、藍子ちゃん。小父さんは、二人を決して悲しませやしないよ。あんな小説みたいなものは、今後一切書かないからね。約束するよ」

赤木は、約束する、約束する、と涙声で繰り返した。赤木は、感動するとすぐに涙を溢れさせる。急に部屋は静まり返った。遠くで、波の音がした。ざわざわと浜に寄せる、小さな波の音だ。と思ったら、赤木と母が啜り泣いているのだった。

藍子は、北村から母との離婚について話された夜のことを思い出していた。母と赤木が別室で息を詰めていたから、何か重要なことを切りだされるのだろう、と覚悟はしていた。北村が、藍子の部屋に入って来て渋面を作った。しばらく何も言わずに、北村は大きな目で藍子の髪のあたりを眺めていた。

「アー、お父さんとお母さんは離婚することになりました。お母さんは赤木の小父さんと再婚するそうです。よって、藍子はお母さんと一緒に暮らしなさい」

藍子は、冗談ではないと感じた。

「お父さんはどうするの」

北村は、猪首《いくび》を竦めた。

「一人になるが、藍子の父であることは生物学的に真実なのだから、これまでと変わらないと思います」

「でも、一緒に暮らせないんでしょう」

言葉に出した途端、涙が溢れた。北村は、藍子の涙を見て、目を逸らした。

「アー、ちょっと早く嫁に行く、と考えたらどうでしょう」

なるほど、と思わせる言い方が、北村はうまかった。実際、北村の言うように考えれば、物事が楽に見えることもあった。藍子は諦め、頷いた。が、北村に伴われて部屋を出ると、母と赤木が心配そうに藍子の顔を窺い、藍子が泣いた形跡を認めた途端にはらはらと落涙《らくるい》した。

そして今、赤木と母はまた泣いている。『宝物譚』を書いた癖に。そして、十三歳にもなった自分に、「オヂサンハ貧乏デ行ケヌ」と惚《とぼ》けた手紙を寄越した癖に。そんな赤木より、素っ気ない北村の方がまだましではないだろうか。北村は写実小説なんか嫌っていたからだ。「清らか」な詩人より、「悪人」の作家の方がまだまし。しかし、父に追いやられたのだ、こちら側に。聖女女学院と同様、自分は追放されたのだ。ここはどんな世界なのだろう。藍子は部屋の四隅に何か潜んでいないかと目を凝らしたのだった。


「本当にあの時は子供だったんです。お許しください」

藍子は石鍋に謝ったが、焚き火の前にいた時と同様、石鍋の存在が不快になりつつあった。なのに、石鍋は顔を輝かせた。

「その表情も、北村先生にそっくりですね。先生は、甲高い声でよく笑われる方だったが、時々、眉を曇らせて不快な表情をされた。そのお顔にそっくりです」

「石鍋さん、私にはできませんし、またその気もありません」

「ならば、ひとつだけ伺います。なぜ、人は小説を書くのでしょうか」

さあ、と藍子は考え込むふりをしたが、答えはわかっていた。『所詮は詩人だよ、詩人は清らかだからなあ、小説を書くのは悪人でなければならないんだよ』。石鍋は藍子の返答を待っていたが、藍子がいつまでも言わないので、痺れを切らしたらしく、自ら答えた。

「作家は、小説を書くことができなかったら、生きていられない人たちなんじゃないですか」

赤木は、藍子との約束通り、写実的な小説は一切書かなくなった。それが文人としての赤木を弱らせたのだろうか。藍子は本棚に目を遣った。赤木は、童話や探偵小説に挑戦したり、様々な試みをしたが、どの作品からも若い時に書いた代表作のような、あるいは『宝物譚』のような、輝きは失せていたように思う。他方、北村の著作は、どの本の背文字を見るだけでも、現実を侵食しそうな豊かな虚構の気配が漂っている。

不意に、藍子は時間が気になって、暖炉の上の時計を見た。午後四時を回っている。石鍋と喋っているうちに、一時間以上経っていた。早く用意しないと。龍平が学生たちを連れて来る時間になるのに準備は進んでいない。藍子は気もそぞろになった。

「すみません、今夜はお客様があるんですの」

「わかりました。お時間を頂戴して申し訳ありませんでした。今日のところはこれで失礼しますが、また伺ってもよろしいでしょうか」

石鍋は立ち上がりながら懇願した。が、藍子は首を振った。

「もういらっしゃらないでください。迷惑です」

「正直でいらっしゃる」

石鍋は苦笑して、ソファの上に置いてあったコートを手にした。


午後五時過ぎ、龍平が学生たちと帰って来た気配がした。藍子は、エプロン姿のままで玄関に出迎えた。石鍋と話し込んでいたせいで飯を炊くのが遅れたが、鍋の支度は済んでいる。真っ先に玄関ドアを開けて入って来た龍平の姿を見て、藍子は一瞬、赤木かと思った。ひょろひょろと痩せて背が高く、両目の寄った魚顔をしている。眼鏡も同じ形なら、被っているソフトも同色。コートの襟に巻いている更紗《さらさ》のマフラーは、赤木の形見だった。左手のスカラベの指輪も、赤木が着けているのを真似して作らせた物だ。本物は日出子に譲られたので、手に入れられなかったのだ。

「お邪魔します」

「今晩は。失礼します」

青年たちが陽気にどやどやと入って来た。セーターにジャンパーという軽快な格好をしている者や、学生服、流行のアイビールックに身を固めた青年もいた。狭い廊下が一気に若い男の脂っぽい臭いでいっぱいになった。中に新顔が一人いた。学生服を着た真面目そうな青年だった。学生服の青年は、藍子の顔をまじまじと眺め、藍子が微笑むと恥ずかしそうに目を伏せた。

「あいつはね、きみが北村の娘と聞いて、昂奮しているのだ」

龍平が藍子の耳許で囁いた。遊びに来る学生の大半は、藍子のことを知っていて、最初は遠慮がちながらも好奇心を露わにした視線を投げかける。そして、龍平は学生たちの反応を観察しては、興《きよう》がっているのだった。

「さっき、文壇社の人が見えたわ」

藍子は、龍平が手渡すコートとマフラーを受け取りながら報告した。龍平が振り向いた。

「僕にかい」

「いいえ、私に回顧録を書かないかって」

「何だ、残念」と、龍平は剽《ひよう》げた顔をしてみせた。「で、どうするんだい」

「書かないわよ」

「なぜ」

龍平は向き直った。冷たい魚顔をしているが、中身は違う。人の好さや快活さも赤木譲りだった。龍平は、学者より、高校教師になりたかった、という男だ。

「書けないもの」

「でも、資料としての価値は高いんだろう。きみしか証言できないこともあるんだから」

龍平は石鍋と同じようなことを言った。龍平は、好人物だが藍子の真の思いを知ることはないだろう。藍子は笑いで誤魔化し、まだ冬の外気の匂いがする龍平のコートをハンガーに掛けた。寝室では、龍平が普段着の着物を衣桁《いこう》から外し、着替えている。藍子は、畳に膝を突いて、龍平の衣服を畳んだ。直子が勉強部屋から降りて来て学生たちに挨拶しているらしく、食堂では弾んだ笑い声が響いている。

「さっきの話だがね。人は、関係者が黙っていると、逆に言いたいことがあるんじゃないかって勘繰るよ」

龍平が、威勢のいい音をさせて兵児帯《へこおび》を痩せた体に巻き付けながら言った。藍子は曖昧に頷いたが、その通りなのだと内心では思っていた。おそらく、自分は沈黙を守ることで運命に抗議しているのかもしれない。龍平は、スカラベの指輪を大切そうに整理簞笥の小物入れに仕舞い、学生たちが待っている食堂に向かった。

龍平と学生たちは食事が済んだ後、書斎に移って議論しながら飲んでいるらしい。酔って張り上げる子供っぽい声や、何かを落とす音などが時々聞こえてきたが、藍子は委細構わず、居間の炬燵でテレビを点け放したまま、うつらうつらした。夕食の支度と、石鍋の訪問とで疲れていた。電話が鳴った。炬燵から出るのが億劫で、数回鳴らしてから、やっと電話を取った。足元が薄ら寒い。

「藍子なの。私よ」

日出子からだった。日出子は六十九歳。赤木の死後、急に衰えたようだ、とは同居している弟、和生の弁だった。確かに、声が弱々しくなったように思う。和生は、赤木と日出子の間に生まれた、藍子と十五歳違いの異父弟である。

「お母さん、元気にしている？」

「少し風邪気味だけど元気よ。容平ちゃんが、ばあば元気出してっていつも言ってくれるしね。

何とか頑張るわよ。それにしても、お父さんが、北村より先に亡くなったのは悔しいねえ。お父さんの方が六つも若いのにねえ」

日出子は、北村が藍子の実父だというのに、心底悔しそうに言うのだった。赤木と結婚してから急に、日出子は強さを示し始めた。元々、北村が好きだったのは、日出子の姉、八重子だったという。八重子は鉄火肌の芸者で有名だった。北村が現《うつつ》を抜かした妹の三津子も気が強く、女優になった。日出子一人だけが地味で、慎ましやかな性格だと言われたが、日出子も姉と妹に共通した性格を隠し持っていたのかもしれない。赤木の主宰する文学サロンでも、場を取り仕切っていたと聞く。声は弱々しくても元気がいいので、藍子は苦笑した。それに、皮肉なことに、八重子や三津子についての知識を得たのも、赤木の書いた『宝物譚』によってだったと気付いたからだ。

「電話したのはね、他でもないのよ。来月、お父さんの三回忌なのは知ってるでしょう」

忘れていた訳ではないが、来月と聞いて、藍子は反射的に壁のカレンダーを見遣った。

「そうだったわね。早いこと」

「歳を取ると、年月って早くなるね。光陰矢の如しって老人のための言葉だわね」と溜息を吐いて、日出子は言葉を切った。何か思い出しているのだろう。「北村もあの世に行ったし、みんな鬼籍に入るわ。次は私かしら」

「縁起でもないこと、言わないでよ」

藍子は笑った。しかし、自分とても来年は五十歳だ。新宮で川の字になって横たわり、藍子を挟んで泣いた母と赤木は、当時、三十代後半だったはずだ。彼らが泣いたのも、無理はなかったかもしれない。藍子は、若かった自分の冷酷さを思った。

「それで、三回忌の法要に幸子さんをお招びした方がいいのかどうか迷っているのよ。あちらも不幸があった訳だし、どうしようかと思って。あなた、幸子さんに電話して聞いて貰えないかしら」

招んだところで来ないだろうし、声をかけなければ礼を失する、と迷っているのだろう。母が幸子に距離を感じているのは確かだった。藍子は、引き受けると返答して電話を切った。


北村は、「小生、四月に結婚することに相成候。相手は、文藝人社に勤める吉野たみえ嬢也」と書いてきた相手とは、たった一年で離婚した。早い離婚の陰にあったのは、幸子の存在だった。幸子は、京都の老舗《しにせ》料亭の娘で、三姉妹の長姉。美貌と才気とで、三姉妹は関西でも有名な存在だったが、とりわけ幸子はすべてに優れていると評判だった。北村と付き合う前に、幸子の入り婿が騙されて料亭は人手に渡り、三姉妹は海水浴場の着替え小屋に住むほど、落魄《らくはく》の身となった。しかし、それでもなお、関西社交界では有名な存在だったのだ。到底、日出子が敵《かな》う相手ではなかった。北村は、日出子のように控えめで表に出ようとしない女より、驕慢《きようまん》で豪奢な女が好きなのだった。いや、そういう女性に額《ぬか》ずく自分が好きなのだった。

引っ越し好きの北村は、自ら新しい環境を作ろうとはしない。何かに魅入られ、魂を奪われながら、その場に身を浸すのを好む。幸子と新しい家庭を持った北村は、幸子の姉妹や連れ子が家庭に頻繁に出入りするのを好んだ。自分が幸子姉妹が醸し出す関西上流階級の空気に染められるのを楽しみ、そこに創作の種を探そうとしたのだ。藍子は、父の再々婚の相手の名を聞いた時、これまでになく父を遠く感じた。自分も関西社交界の一端を知らない訳ではなかった。父が大阪に豪邸を買った時、幸子のような人物が多く家に出入りした。聖女女学院の子女も、同じ階層に属していた。沢山の使用人を抱えて、殿様のごとく暮らす人々。が、日出子は違うのだった。地方の秀才である赤木も、また違っていた。ふたつの家の橋渡しは自分の役回りだろう、と藍子は受話器を取り上げた。

「北村でございます」

柔らかな京訛で幸子が出た。本人は電話口には出ないだろうと思っていただけに、藍子は意外に思った。

「藍子です。ご無沙汰しております」

「藍ちゃんかあ、嬉しいわあ。あんた、元気しとるん」

幸子は童女のようにあどけない言い方をした。

「お蔭様で。小母様は如何ですか。少しお元気になられましたか」

小母様と呼んではいるが、藍子と幸子は十三歳しか違わないのだ。

「いやあ、ほんと寂しいわあ。この熱海の家もがらんとなってしもて、えろうつろうてねえ。そやけど、そんなこと言うても仕方ないもんなあ。北村はん、死んでしもたんやから」

幸子は大きな溜息を吐いた。悲しさが伝わってくるような喋り方だった。しかし、背後からは、小さな子供たちの声が聞こえてきた。

「でも、お賑やかですね」

「そうなん。今、娘が蝶ちゃんたち連れて来ててなあ」

蝶子とは、幸子の連れ子、有美子の長女の名だ。北村が命名した。幸子は、六十二歳になって孫を得た今も、令嬢然としていた。

「あの、赤木の小父の三回忌のことなんですが、小母様、どうなさいますか。三月なんですが、まだ寒いから、ご迷惑ではないかと赤木の母が申しますの」

「はあ、もうそないなりますのん。そやなあ」幸子は考えている様子だった。「うちが行かへんかったら失礼やしなあ。そやかて、うちなあ、まあだ気持ち沈んで、悲しいてしゃあないの。藍ちゃんなら、わかってくれるやろ。そやから話せるけど、そんなことくだくだ言うてもなあ、だあれもわかってくれへんのよ、底の底ではなあ。それまた寂しいてなあ」

延々と続きそうだった。はっきり返答した訳ではないのだが、はかばかしい返事をしない時はノーだった。

「そうですよね。わかりました。赤木の母にはうまく伝えますので、どうぞご心配なく」

「ごめんなあ」

幸子は、ひっそりと受話器を置いた。北村は、この人を面白いと思い、この人に仕えたのだ。藍子は、幸子と出会ったことで、もう一方の係累を切り捨てた北村の決断に思いを馳せた。

藍子の結婚相手は、赤木によって用意された。赤木の妹の息子、龍平だった。龍平とは、まだ聖女女学院にいた頃、一度会ったことがあった。痩せて面長の龍平を、藍子は「小赤木」と呼んで、北村を面白がらせたことがあった。その「小赤木」と結婚するのはどうか、と赤木に言われた時、藍子は迷った。好きではないが、嫌いという訳でもない。しかし、選択の余地はあまりなかった。どちらにせよ、二十二歳になった藍子は、赤木の家からは出ざるを得ないのだった。北村は幸子と結婚したし、赤木と日出子は和生が生まれたことで信頼を強めた。赤木の家は和生が継ぐことになる。とすれば、自分は誰かに嫁いで新しい家庭を築くしか、生きる道はないのだった。今、長女の恭子は、通訳の道を目指して外語大に入った。が、戦前は、職業婦人は特別な生き方だったのだ。藍子は龍平と結婚することにした。赤木は、藍子の結婚を殊の外喜んでくれた。

「藍子、龍平を選んでくれてありがとう。小父さんは、藍子にだけは悪いことをしたと思って生きてきたんだ。だから、幸せになってほしいと願っている。龍平と結婚してくれれば、北村家と赤木家の紐帯《ちゅうたい》は一層強くなる。そうすれば、藍子をずっと見守っていける。小父さんはそれが嬉しいんだ」

ふと見上げると、長身の赤木はまたしても涙を浮かべている。久しぶりに見る涙だった。

婚約を報せた北村からは、「北村家から輿入《こしい》れすべきだと思うから、京都に来るように」と手紙が来た。久しぶりに父と暮らす。しかし、父の隣には幸子がいる。

「よう来たなあ、藍ちゃん。うちのこと、お母はんと呼んでくれはらんかてええけど、立場はそうなるんやね」

幸子は、両の手で藍子の手をしっかり包んだ。とても熱かった。北村はどこに行く時でも幸子を伴ったから、無論、藍子は幸子と何度も会ったことがある。幸子は、美しくたおやかな外見をしているが、高い自尊心と強い意志を持っていた。いかにも、北村好みだった。

藍子は北村家にふた月滞在することになった。その間、嫁入り道具は幸子が見立てた。どういうコネがあるのか、幸子が行くと、どの呉服屋も道具屋も、良い品物を安く売ってくれるのだった。北村は、幸子に藍子の面倒を見て貰うことを喜んでいたように思う。自分も娘も、共に幸子に覆われたいのだった。

婚礼を一週間後に控えた夜、藍子は幸子に部屋に呼ばれた。北村は、会合で出かけていない。幸子は、藍子に古代紫の地に扇の模様の散った見事な訪問着を見せた。幸子が結婚する時に作って貰った、かけがえのない着物の一枚だということは知っていた。落魄して、やむを得ず、高価な宝石や着物を整理した時も、決して手放しはしなかった、と幸子が語ったのを聞いたことがある。

「藍ちゃん、これ、持ってって」

幸子は、着物を畳紙《たとう》ごと藍子の方に押しやった。

「だって、これは小母様の大事な着物でしょう」

「ええのんよ。藍ちゃんが北村はんのたった一人の大事な娘やさかい、ええの」幸子はゆっくり言った。「うちは藍ちゃんにお願いしたいことがあるんや。嫌ならええ。けど、うち正直に言うから、笑わんといてな」

「何ですか」

「うち、北村はんがほんまに好きなんや。おばはんが何言う、思うかもしれんけど、藍ちゃんは頭ええさかいわかるやろ。うち、藍ちゃんお嫁に行く前に、入籍してほしいて北村はんに頼も思うの。そやさかい、藍ちゃん廃嫡させてもろてよろしいか」

柔らかな語調だったが、最後は決然としていた。北村家から伊藤家に嫁に行くのだから、北村の跡取りはいなくなる。どうするのだろう、と思っていたのだが、廃嫡とは思わなかった。

「じゃ、北村家はどうなるんですか」

「末の順三はんにいったん入ってもろて、すぐに出すいうて」

語尾が曖昧だった。つまり、藍子には廃嫡の措置を取り、北村の末弟、順三をいったん入れる。北村と幸子が考え抜いた結果なのだろう。あるいは幸子が。

「構いません。私はどっちみち」

あっちの世界に追いやられた、とは言わなかったが、幸子にはわかったと見えて涙をはらはら流し、深く頭を下げた。

「ごめんな、藍ちゃん。お願いします」

北村は、藍子と龍平の婚礼三日前に、幸子を入籍した。藍子は、龍平と新戸籍を開くのだから構わないのだが、なぜ幸子が「北村はんがほんまに好きなんや」とまで言うのかはよくわからなかった。藍子は、龍平と結婚することによって、北村家からも赤木家からも、完全に去ったことになる。

しかし、北村が亡くなる二年前、文芸誌に書いた随筆を読んだ藍子は絶句した。北村は、幸子が妊娠した時、産みたいと懇願する幸子に中絶を命じた、という。その理由を、先に生まれた藍子が可哀相だから、と心にもないことを言った、とも。真の理由は、幸子が所帯じみて、家が家庭然とすると創作に差し障る、という甚《はなは》だ自分勝手なものだった。が、幸子がこのことを長く悲しんでいたと知って反省し、何でもしてやろうという気になったのだ、と北村は書いていた。老いた父の赤裸々な告白だった。藍子の廃嫡と、戦後、幸子の連れ子と養子縁組したことは、一本の線で繋がっているのだった。藍子は北村の著作権を継承することはもうない。幸子の思惑というより、北村のもっと大きな意志があった。北村は藍子を切り捨て、幸子の係累を自分の正統とすることで、深い傷を負わせた幸子に謝罪したのだろう。またしても、作家の正直。悪人でなければ、小説家にはなれないのだった。そして、悪人にとことん付き添い、共に生きる女もいる。その女の覚悟も、生半可なものではない。藍子は、自分の両手をくるんだ幸子の手の熱さを思い出した。

数日後の朝、藍子は出勤前の龍平と軽い口喧嘩をした。龍平が、その夜も学生を連れて来る、と言ったからだった。

「つい数日前じゃないですか。少しはこちらの身にもなってくださいよ。それに直子も受験があるんだから可哀相ですよ」

学生が帰った後、酔った龍平は高䡊《たかいびき》で寝てしまうからいいが、藍子は、皿やコップを洗ったり、片付けたりで、忙しいのだ。

「すまんねえ。今回限りだよ」龍平は申し訳なさそうに言った。「もうじき卒業の連中だから、一度馳走してやりたいんだ」

「何人見えるんです」

藍子は、更紗のマフラーを手渡しながら聞いた。赤木が愛用したマフラーには、赤木の吸っていた煙草の匂いが染み付いている。懐かしい、と感じる一方で、自分はとうとう北村と赤木の仕組んだ運命に飲み込まれたままで終わる、という忸怩《じくじ》たる思いも湧き上がってくるのだった。子供が三人も生まれ、龍平は穏和で、生活は恙《つつが》ない。しかし、追いやられた自分の本質は、もしかすると北村と同じものではないか、という疑いがこんな時に顔を出すのだった。日出子が穏和な赤木と結婚して、地を出したように、自分も龍平ではない相手を選んでいれば、北村にそっくりな地が出たかもしれない。作家として生きない限り、日常生活ではお荷物になりかねない、厄介なものが。

龍平が何か言ったのに、考え込んでいた藍子の耳には聞こえなかった。龍平が、赤木そっくりの顔で繰り返した。

「おいおい、聞いてる？　五人って言ったんだよ。こないだみたいな鍋でいいよ。何、肉なんか入れなくたっていい。湯豆腐で充分だ」

「お豆腐を沢山買うのも、重くて大変なのよ」

水の中で豆腐を切る冷たさを思い出し、藍子はぶるっと身を震わせた。今朝はとりわけ寒い。

「行ってきます」

玄関先で言い合う両親を尻目に、直子が出て行った。赤いマフラーが目に残った。

「お握り沢山握るのだって、掌を火傷しちゃうのよ」

藍子はまだ小言を言った。なぜ、母のように気楽にできないのだろう。たまに、矢来町の赤木の家に行くと、誰かしら来客があって、日出子は客に交じって楽しそうに談笑していた。その顔に表れた安寧は、北村と一緒に暮らしていた時には見られないものだった。

「頼むよ。学生たちに約束してしまったんだ」

「わかりました。適当にやりますから」

藍子は、龍平を困らせるのをやめにした。

「アー、恩に着ますです」

龍平は、赤木の口真似をして出て行った。赤木も北村も、誰の真似か知らないが、こんな口調でふざけて喋っていたことを思い出し、藍子は笑った。玄関先と庭を掃除するために表に出る。すると、ポストに一通の手紙が入っていた。「伊藤藍子様」とある。裏書きは、「石鍋要」だ。今度は書簡で原稿を依頼しようというのか。藍子は家中の掃除を済ませた後、居間の炬燵で暖を取りながら、封書を開けた。

「伊藤藍子様
前略　先日はお時間を割いていただきまして、有難うございました。突然お邪魔したにも拘わらず、私の勝手なお願いを聞いていただき、感謝申し上げます。

先日お願いした件ですが、お心変わりを期待して、この手紙を書いております。しつこさに辟易なさっているご様子、目に浮かびます。しかし、私も編集を生業《なりわい》として、段々と面の皮が厚くなってまいりました。お許しください。

著名作家のお子さんが、すべて良い作家になられる訳でないことは、百も承知しております。むしろそうではない方の例を沢山見て参りました。しかし、私には藍子さんが書いた物があったら是非読んでみたい、という強い願望があります。それは、あの冬の日、わざわざ新宮市まで行って、藍子さんに邂逅《かいこう》した時の鮮烈な思い出があるからでしょう。

私は当時、和歌山支局におりました。デスクから、赤木一家が新宮に里帰りしているから、奥さんか娘さんから何か談話を取って来い、と言われて出向いたのでした。赤木先生のお宅に向かって歩いて行くと、藍子さんが焚き火の前で物思いに耽っているのが見えたのでした。藍子さんのお顔は、北村先生とご一緒のところを、新聞や文芸誌で度々拝見しておりましたのですぐにわかりました。話しかけることができて、私は内心、昂奮しておりました。功名心だけでなく、藍子さんという人間に興味を持ったのです。それは、ジャーナリストの直感のようなものだ、とお考えください。ですから、火傷でさえも、私にとりましては、藍子さんという人物を表す素晴らしい材料だったのです。

私が藍子さんにお渡しした『宝物譚』をお読みになったと思います。如何でしたでしょうか。三十四年という時を経た今、私が藍子さんに伺いたいのはそのことです。何でも赤裸々に書く作家の娘は何を考えて生きているのか、と私は知りたかったのです。実は、あなたに書いていただきたい核心はそれであります。

あなたは赤木家ですくすくと成長され、赤木先生の甥御さんと結婚されて、北村家とは縁が切れた。あなたの心の裡には何があるのでしょうか。是非、書いて、いや聞くだけでも結構です。教えていただければ、私は命を失っても構いません。どうせ、この先、十年くらいしかこの世にはいないでしょうし、私が三十四年間も囚われてきたのは、北村藍子の心の中なのですから。私が新聞社から出版社に転じたのも、小説家とは何なのか、を知りたかったことに尽きます。

先般、新宮市を再訪しました。藍子さんは、『浮島の森』をご存じですか。赤木先生のことですから、おそらく夫人と藍子さんを伴って、見物に行かれたのではないでしょうか。

底無し沼の上に浮かぶ、泥炭マット状の浮遊体です。寒暖両性の植物が混生した森が載っている珍しい浮島。強風が吹けば島は動き、水量によって高さも推移するそうです。私が、この『浮島の森』と藍子さんが似ているような気がする、と申し上げたら、失礼でしょうか。

あなたは間違いなく、北村先生と赤木先生の奇妙なものを寄せて作られ、世間という底無し沼に浮かぶ島です。だからこそ、読ませてください。心の中を語ってください。何卒、よろしくお願い致します。

石鍋　要拝」

藍子は、手紙を二度読み返し、それから封筒の中に収めた。手紙を文箱に取っておく習慣は続いていたが、石鍋の手紙は破り捨ててしまおうか、と荒々しく思った。自分の気持ちは到底、言葉になど表せないものだった。なのに、簡単に書いてくれ、と言う輩《やから》が憎くさえある。この怒りの源は、自分が「浮島の森」に喩《たと》えられたことだった。石鍋の推察通り、「浮島の森」には、藍子も赤木に連れられて何度か行ったことがあった。細い橋を渡って、島に渡る。島の地面を踏み付けると、足がずぶずぶと沈むのが怖かった。藍子にとって、「浮島」とは不安定なものの代名詞でもあるのだった。石鍋は、自分が不安定だとでも言うのだろうか。藍子は怒りに駆られ、いっそのこと、思う存分書いて送り付けてやろうかとも思うのだった。誰を傷付けようと一切構わず、自分の思うこと、忘れようと努力してきたことどもを書き散らしたらどんなに爽快だろうか。瞬間、このような激しい感情こそが、「浮島の森」ではあるまいか、と藍子は奇妙な島を思い出していた。寒暖両性の植物、強風が吹けば島は動き、水量によって高さも推移する。北村にも赤木にも「浮島の森」はある。そして自分にも。とすれば、石鍋の指摘も間違ってはいないのだろう。寒中にも拘わらず、藍子の額には汗が噴き出ていた。

「お母さん、何してるの」

目の前に直子が立っているので、藍子はびっくりした。

「どうしたの」

「どうしたのじゃないわよ。今日は土曜日じゃない。お腹空いた、何かない」

直子の目には非難が表れている。昼食の支度もせずに、炬燵に入っている母親が怠惰に見えたのだろう。直子は、不機嫌そうに炬燵の上に投げ出された手紙に目を遣った。その表情の幼さ。まだ子供なのだ。瞬間、北村と別れて赤木と一緒に暮らし始めた藍子は、今の直子と同じ年齢だったのだと気付いた。藍子は、周囲の大人たちが自分に何を見ていたかが、やっとわかった気がした。

毒　童

毒　童

払暁《ふつぎょう》、突然ゆさゆさと家が揺れ、袈裟子《けさこ》は仰天して跳ね起きた。薄闇を通して、電灯が大きく左右に振れているのが見えた。恐怖で心臓が潰れそうになる。古い家に住んでいるので、袈裟子は、死ぬほど地震が怖いのだ。揺れは収まるどころか、益々、激しくなった。柱が軋《きし》み、家の中で何かが落ちる物音がする。もう駄目だ、と袈裟子は部屋を飛び出そうとした。その時、何か叫んでいるような幼児の声が耳に入った。袈裟子は驚いて、もう一度耳を澄ましたが、もう聞こえない。決して空耳ではない、確かに子供の声だった。だが、袈裟子の家は寺で、周囲は墓や庭に囲まれているから、小さな子など近くにいるはずもない。地震と、聞こえるはずもない幼児の声とで、袈裟子は震えながら揺れる部屋の中に立ち尽くしていた。

揺れが収まってきた。ほっと肩に入った力を抜いた途端、今度は勢いよく階段を下りて来る足音がした。激しさからして、義父に違いなかった。ばたんとトイレのドアが開けられ、薄い壁を隔てて小用の音が響いた。袈裟子の部屋は、廊下の突き当たりの小部屋だ。トイレの隣にあるので、音が筒抜けなのだ。住職の義父は、他人の前では取り澄まして歩いている癖に、家の中での所作はすべてが粗雑で荒々しい。袈裟子はずっと耳を塞いでいた。朝になったら、義父が床にこぼした小便を拭かねばならないだろう。義父はいつだってトイレを汚すのだった。もしかすると、自分に対する嫌がらせでわざと汚しているのかもしれない、と思うと、たちまち厭世的な気分に囚われた。嫌だ嫌だ、こんな人生。今度は、トイレから出て来た義父の足音が、袈裟子の動向を窺っているかのように、部屋の前でぴたりと止まった。袈裟子は息を潜めた。薄気味悪さに、泣きだしたくなる。再び、義父が階段を上っていくまで生きた心地がしなかった。

袈裟子は脱力してベッドに戻った。枕元の時計は、午前四時半。なぜ、地震はいつも明け方に来るのだろう。袈裟子は、布団を肩まで掛けた。二階の寝室の襖がいったん開いて、ぴしゃりと閉まる音。表はしんと静まり返っている。袈裟子は、庫裏《くり》と本堂の周囲をぐるりと取り囲んだ陰気な墓の群れを思った。幽霊など一度も見たことはないが、こんな朝は嫌な気分になる。子供の声は、きっと地震嫌いの自分の恐怖が生んだ幻聴なのだろう。袈裟子は合理的に考えて自分を納得させ、何とか二度目の眠りに就こうと努力したのだった。

袈裟子は汗びっしょりで目を覚ました。物凄い恐怖で、体が硬直していた。怖ろしい夢を見たのだった。筋は覚えていないが、男の幼児から逃げ回っている夢だった。幼児は泣きながら袈裟子を追って来る。だが、袈裟子は心臓をばくばく言わせながら、こけつまろびつ、その子供から必死で逃げ惑っているのだ。地震と妙な子供の声のおかげで、悪夢を見たのだろう。夢で良かった、とほっとしたのも束の間、袈裟子は飛び起きた。直感で寝過ごしたのがわかった。どうにもこうにも、最悪の朝だった。

袈裟子は空っぽの家の中を、走るように台所に向かった。照明を消した北向きの台所は陰鬱だ。勿論、母も義父もとっくに朝の掃除に出ていて、家にいないのはわかっていた。寺の仕事は掃除から始まる。面積が広大なだけに、家族総出の大変な作業なのだ。もう、いいや。開き直った袈裟子は、テレビを点けてワイドショーにチャンネルを合わせた。そして、母が淹《い》れてくれたコーヒーをマグカップに注いだ。コーヒーは煮詰まった匂いがして、香りなんかとっくに飛んでいる。炊飯ジャーには、きっかり茶碗一杯分の飯、小鍋には浅葱《あさつき》を散らしたアサリの味噌汁が残っていたが、アサリはたった三粒だけだった。袈裟子は、食卓に両肘を突いて煮詰まったコーヒーを飲み、ぼんやりとテレビを眺めた。食卓の端に、義父のキャスターマイルドがある。袈裟子は、一本抜き出して火を点けた。どきどきしながら、一服する。たった一本の煙草を盗んだくらいでも、心のどこかには、してやったりの気分がある。

ワイドショーは、地震の話題でもちきりだった。「この世の終わりかと思いましたね」と、かつてジャニーズ事務所に所属していた男性タレントがコメントした。終わって結構だよ、馬鹿野郎。袈裟子は心の中で毒づいた。ついで、天気予報が始まった。弟の大好きなデカパイ女がモニターを何度も見直しながら、天気図の説明をしている。今日は、近付く低気圧のせいで曇り後小雨。最高気温一六度、最低気温七度。五月にしてはかなり肌寒い一日、だそうだ。はいはい、そうですか。

袈裟子は空模様を眺めるために立ち上がった。ついで窓から首を伸ばし、玄関横に建てられた診療所を覗いてみる。診療所とは名ばかりのプレハブ小屋の窓は開け放たれて、クッションや枕が窓枠に干されている。ジーンズにエプロン姿の母が、一生懸命、電気掃除機をかけている横顔がちらりと見えた。おかっぱの髪を後ろで結わえ、唇を尖らせている。化粧気のない茶色い顔をしているので、老婆に見えた。

本堂は義父、山門から本堂までの石畳は弟、診療所と庭は母、庫裏、つまり住居は袈裟子、が掃除の分担だった。元々たいした戦力にならない、という理由で甘やかされている高校生の弟は、数日前から剣道部の合宿に行っているので、石畳の掃除も袈裟子に回される可能性は大いにあった。午前中、母と義父は、診療所の仕事で忙しいからだ。

袈裟子の家は東京近郊にある貧乏寺だ。名は魂魄《こんぱく》寺とやたら立派だが、夥《おびただ》しい墓に囲まれただけの、何の取り柄もない寺だ。檀家は散り散りになっているし、有名人の墓も皆無、門前の名物も、寺の謂《いわ》れもないので、経営は苦しい。そのため、義父が鍼灸師の資格を取って本堂の横に鍼灸診療所を開いた。それが、意外にも繁盛して助けられたのだった。忙しい時は、母も足裏マッサージを施す。寺の業務より、マッサージ業が家業になりつつあった。

なお、寺は母の実家で、住職の義父は入り婿である。袈裟子と義父との間に血縁関係はない。母は未婚で袈裟子を産み、義父と結婚して袈裟子と十歳違いの弟、つまり寺の跡継ぎを得たのだ。袈裟子は二十七歳で私生児、弟は十七歳で嫡男。先に生まれて寺に住んでいるのに、損な気がしてならないのは、私が私生児だからか。袈裟子の思いは、いつもそこに行き着くのだった。

本当のことを言えば、目覚めた時の袈裟子は、とうとう自分の憎しみが夢にまで表れたのかと愕然として、そのことに怯えてもいたのだ。

十七年前、腹違いの弟が生まれた時、十歳の袈裟子は密かに敵意を燃やし、弟が何かの事故で死んでくれないかと何度も願ったものだ。現に、昼寝する赤ん坊の弟の口許に布団を被せたり、よちよち歩きの弟を後ろから突き飛ばして転ばせもした。袈裟子にとって、弟は義父よりさらに要らない存在だった。姉らしく可愛がった経験など全くない。そのせいか、高校生になった弟は、一層、袈裟子を煙たがり、何かというと歯向かうのだった。成長するにつれて体が大きくなった弟は、予想より遥かに大きな脅威となって袈裟子の前に立ち塞がっている。あたしは孤独だ、無力だ、可哀相だ、と袈裟子は嘆く。

義父が婿として寺に来るまで、袈裟子と母は、安全で暖かな繭《まゆ》の中にいる一対の虫のように、仲睦まじく暮らしていた。まだ祖父が生きていて、寺の経営や跡継ぎ問題など考える必要もなく、暗い本堂の隅や雑草の茂る庭で、袈裟子は本当の父親といつか会える日を思い浮かべては陶然とし、母は青春の華やかな思い出を反芻しながら、幸せに暮らしていたのだった。だが、祖父の死後、母は不在となった住職を得るために、誰かと結婚しなくてはならなくなった。

北陸の寺から義父が来た途端、母は袈裟子の母ではなく義父の妻になり、寺の嫁としてあくせく働かねばならなくなった。そして弟の誕生によって、袈裟子は決定的に寺の邪魔者となったのだった。つまり、払暁に聞いた幼児の声や、夢の中の幼児は、袈裟子の憎しみを具現化したものかもしれないし、散々苛《いじ》めた弟の復讐かもしれない、と袈裟子は現実と付き合わせて恐怖を感じたのである。それにしても、何という偶然だろうか。不思議だ。袈裟子は小首を傾げた。

「何、可愛い子ぶってんの」

義父が不機嫌な顔で勝手口から現れた。袈裟子は、はっとして向き直った。

「今頃どうしたんだよ、袈裟ちゃん。もうじき十時だよ」

紺の作務衣《さむえ》に紺の足袋、ちびた下駄。首から赤いストラップで携帯をぶら下げている。小男だが、がっしりした体付きをしていて、髭の剃り跡も、頭の剃り跡も、青く黒ずんでいる。その青黒さが、義父の中の燃え盛る男を表しているようで、いつ見ても胸糞が悪くなる。義父は、五十五歳の母より六歳年下の四十九歳だ。

「ごめん、寝坊しちゃってさ。地震があったじゃない。あれで驚いてさ、もう一度寝たら、何だか変な夢見て」

袈裟子は必死に言い訳した。義父は袈裟子の肩口辺りをぼんやりと見て頷いた。義父が人の目をまともに見ることはない。微妙にずれた個所を見る。その癖、いつもどこかで自分を監視している。袈裟子は、心底、義父が苦手で気味悪かった。

「寺が潰れたんじゃあるまいし、地震は言い訳にならないよ。あんた、早く掃除しなさいよ。山門のとこにマクドナルドの食べ滓《かす》が捨ててあるんだよ。十時から鍼《はり》の予約客が来るんだよ。寺で有難い鍼打つっていうのにさ、マクドナルドの袋見たら、御利益なくなるでしょう。それに本堂の予定表見なかったのかい、袈裟ちゃん。十一時半から、佐久間さんの七回忌入ってんだよ。本堂のトイレ、忘れないで掃除してくれよ。花も枯れてるから、その辺の花壇の花、千切って突っ込んどいてくれ。俺なんか、十時から鍼打って、すぐさま着替えて本堂で読経だよ。俺ばっか精出してどうすんの。みんなの寺でしょうが」

一方的に言われ、袈裟子は無性に腹立たしかった。袈裟子がふくれっ面をしたのが気に入らなかったらしく、義父の説教は終わらなかった。それどころか、昂奮の度合いを深めていく。

「寺はさ、午前七時には綺麗さっぱりとしてなくちゃ駄目なんだよ。朝から墓参りに来る暇人が沢山いるの知ってるでしょ。こんなこと言いたくないけどさ、そんなだらしないこったから、前の寺も行き詰まったんじゃないの。心入れ替えて、皆で頑張らなきゃ、きょうびサバイバルできないんだって、何度言ったらわかるんだよ」

義父の言う通り、祖父の時代は荒れ寺だった。かといって、だらしないから零落したのだ、と言わんばかりの物言いにはむかついたが、袈裟子は抗弁はできない。義父の実家は、北陸の名刹《めいさつ》「毛呂観音」だ。鎌倉時代に彫られた観音像が有名で、観光バスも寄る名所だそうだ。義父はその三男に生まれたので、やむなく関東のボロ寺に、それも私生児のいる年上の女のところに婿に来たのだ。それが気に入らなくて、のべつ幕無しに文句を垂れるような狭量な男とはいえ、その男のお蔭で食べられるようになったのは確かなのだ。

「早く行ってお母さん手伝ってやんな。俺、午後から出張なんだよ。忙しいんだよ」

義父の小言はいくらでも出てきそうだ。袈裟子はコーヒーを飲み干して、立ち上がる振りをした。午後から出張、という言葉に心が浮き立っていた。

「そうそう。今朝の地震で墓石ずれてんだよ。関さんに電話しといて」

関とは出入りの石屋だ。携帯をぶら下げてるんだから、自分ですればいいのに。袈裟子は不満に思ったが、鍼灸で寺を立て直したと自負する義父は、一事が万事、威張っているから聞き入れるはずがない。そして、義父を見て育った弟も。袈裟子と母が下働きよろしく仕えているのも、すべて義父のささやかな成功が遠因なのだった。一瞬、袈裟子は朝の夢を思い浮かべた。義父が幼児に逃げ惑い、憐れみを乞う姿を見たかった。思わず、笑いを浮かべていたらしく、義父にぴしゃりと言われた。

「何が可笑しいんだ。急に笑うなよ、気持ち悪い」

義父は冗談めかしたが、実際、薄気味悪そうに眉根を寄せた。袈裟子が八歳になった時、この男が突然現れ、袈裟子を邪慳《じやけん》に扱い、卑《いや》しめたのだ。積もり積もった恨みが身内に嵐のように湧き起こった。

袈裟子は、酔った義父が母を問い詰めていたのを聞いたことがあった。

『悪いけどさあ。あの娘の父親、誰なの。あんたに悪いけど、マジ不細工だし、性格悪いと思うの俺だけかね。ほんとにあんたの子なの』

母親が何と答えたかは聞こえなかった。その時の袈裟子は、子供心に苛付いたものだった。お母さん、はっきり言ってやんなよ。私は、あの神野与五郎《じんのよごろう》の子供だって。あんたなんか問題にならないくらい、才能と気概のある作家で、私を認知したかったけどできない事情があったんだって、言ってやんなよ。北陸の毛呂観音なんか問題にならない、有名人なんだって。お母さんのことが好きで、お母さんが身籠もったのを知らないで別れたんだって、言ってやんなよ。が、母親は夫婦仲が悪くなるのを怖れて、決して義父に真実を伝えようとはしない。

そうなのだった。義父が来る前の、袈裟子と母との幸せな繭とは、神野与五郎という作家と関係があることを確認し合うことによって紡がれる、心弾むものでもあったのだ。母は袈裟子の顔を眺めながら、こんなことをよく言ったものだった。『あんたのおでこの形は、与五郎にそっくりだよ。あんたは凄い才能を持ってるかもしれないね。だって、与五郎の子供なんだから。遺伝子って馬鹿にしたもんじゃないよ』

しかし、母の期待に反して、袈裟子は何の取り柄も才能もなかった。学校の成績は常に中ほど、文章力は少々あっても、抽象化する能力はほとんど無きに等しい。運動神経はゼロに近く、体付きは鈍重な安産型。目と目の間隔が離れているので、ヒラメに似ていると男子にからかわれて泣いて帰って来たこともある。そもそも、与五郎に似ていたとしても、与五郎自身は、才能を表しているのか、それとも性格を語っているのかわからない意地悪な眼差しだけが魅力で、顔立ち自体は丸顔の不細工な男だった。むしろ、似ない方が幸せなくらいだった。

袈裟子が唯一、誰よりも自分が持っている、と密かに自負しているのは、妄想力だけだった。その妄想も、実は子供っぽい、自分に都合の好いものではあった。例えば、与五郎が寺に自分を探しに来て、自分と母を救ってくれる夢。袈裟子、お前に苦労かけてすまなかった。これからは、俺の豪邸で自由に暮らし、インターナショナルスクールに通って英語を勉強しなさい。袈裟子は与五郎の金で海外に留学し、英語がぺらぺらになって戻り、そして、与五郎の紹介で素敵な男と知り合って、恋に落ち、幸せな生活をゲットする。長じても、そんな馬鹿馬鹿しい妄想を長く持ち続けられるというのは、ある意味、誰にもない才能だったかもしれない。

母によると、与五郎の最初の結婚相手は、加佐真知子という資産家令嬢だったという。その結婚は最も長く、九年間続いた。真知子との間には、男の子がひとりいる（その息子は、袈裟子より四歳年上である）。二度目の結婚は、担当編集者の青木美咲と。こちらは、たった二年で破局。三度目はその十年後。実近檀《さねちかまゆみ》という名の時代小説家だった。これも二年で駄目。しかし、檀との間にも男の子が生まれ（記録に残る高齢出産だった。子供はまだ三歳）、檀が引き取って育てている。

別れた男女の常なのかもしれないが、真知子も美咲も檀も皆、口裏を合わせたように、与五郎のことを悪《あ》し様《ざま》に罵っていた。何が闘う作家よ、あいつは臆病者で魂のちっちゃなヤツよ、と。皆が皆、与五郎はある日突然、ぷつんとスイッチが切れたように、自分を捨てて逃げて行ったというのだ。

袈裟子の母との関係は、最初の結婚前から二度目の結婚までの十年間で、それはそれは親密に付き合ったのだという。母は新宿にあった風月堂とかいう店にたむろする、有名なフーテンだった。長い髪を真ん中で分け、ピースマーク付きのヘアバンド、太いアイライン、という格好をした、当時の軽薄な写真が残っていた。母と与五郎は新宿で知り合い、別れたり同棲したり、を繰り返した末に、与五郎が無慈悲に母を捨てて、最初の結婚をしたのだそうだ。

しかし、与五郎は離婚した後、カルト集団に追われる身になるや、ホステスをしていた母のところに再び転がり込んだというのだから、何ともだらしない話だった。「そんなに長く付き合ったのに、なぜ与五郎と結婚しなかったの」という袈裟子の当然の質問に対し、母はこう答えて嘆息した。「あの人はね、女の名前にMが付かないと駄目なのよ。運命を感じないんだって」。母の名は香根子《かねこ》。自分は袈裟子。二人共、Kだ。祖父が命名したのだから、仕方がないのだが、確かに抹香臭《まっこう》いつまらない名前ではある。だが、そんな理由で、与五郎が自分たち母娘を選ばなかったなんて、袈裟子には到底信じられなかった。

与五郎は、もっと高邁《こうまい》で、頭脳明晰でなければならなかった。なぜなら、神野与五郎の名を国際的にも有名にしたのは、与五郎がある仏教系カルト宗教団体から出された死刑の託宣に立ち向かった事実だった。与五郎が、その宗教団体を虚仮《こけ》にした小説を書いたことから、熱心な信者たちの怒りを買い、とりわけ過激な原理主義的信者から付け狙われる、という状況に陥ったのだ。三十年ほど前のことだ。

当時の与五郎は、四六時中刑事の護衛が付き、二時間おきに居場所を替えるという生活を余儀なくされたらしい。そして不幸なことに、与五郎の本を出版した出版社の社長が刺殺されるという惨《むご》たらしい事件が起きて、与五郎はとうとう筆を折ろうとした。が、その本が皮肉にも高い評価を得てノーベル文学賞の候補になるかもしれない、という噂が囁かれ、与五郎は筆を折ろうにも折れない状況となり、「逆境執筆宣言」を出した。その勇気ある行為によって、与五郎の知名度は一気に上がり、世界的にも有名な作家になったのだった。

しかし、現実はいつも滑稽な姿をしている。なぜなら、与五郎は最近、袈裟子と同じ年齢の女と四度目の結婚をした。相手は、ドリス的子《まとこ》（やはりMだ）。的子は、イギリス人との美しいクォーター。モデル兼料理研究家。テレビや女性誌によく登場する有名人でもあった。馴れ初めは、テレビの料理番組に出演している的子を見て、与五郎がひと目惚れしたのだとか。的子は、与五郎から貰ったハリー・ウィンストンの三カラットのダイヤのエンゲージ・リングを見せびらかした後、インタビューにこう答えた。

「三十歳もの年の差や、四度目の結婚が気にならないか、とよく聞かれますが、それは全くありません。彼の方が私より人生経験が豊富なのだ、とポジティブに考えています。それに、彼はこれまでの奥さんたち皆に慰謝料を払い、子供たちにも養育費を送り続けてきました。私は、彼の真摯で男らしい態度にも尊敬を感じています。また、彼が、教団の死刑宣告と闘ってきたことも、私には大きな魅力です。こんな素晴らしい作家、こんな素敵な男性は他にいません。今後は、私も活動を続けるつもりですし、彼にも一層仕事をして貰いたいです」

その芸能ニュースをたまたま見ていた袈裟子は、大きな衝撃を受けたものだ。自分も与五郎の子供なのに、養育費を貰えないのはどうしてだろう。ばかりか、認知もされないのは、なぜ。私が女だったからか。母がMの字が付かないので、愛されなかったせいか。だとしたら、私たちのこの悲しい運命に、作家の与五郎はどう始末をつけるのか。与五郎に対する袈裟子の憧憬は、的子との結婚を境に、なぜ自分と母だけが損をしなければならないのか、という憤激に変わったのだった。安全で暖かな繭は破壊されたのだ。

しかも、華やかな的子と結婚してから、与五郎の生活は百八十度変化した。まともに小説を書かなくなった代わりに、出好きになった。彼らは、話題作りのベストカップルになってしまったのだ。女性誌のパーティ情報欄のグラビアには、必ず与五郎と的子の姿があった。イヴ・サンローランの新店プレミアに二人で現れた(与五郎はサンローランのマオカラーのスーツを着ていた)。ルイ・ヴィトンのオープニングに二人で駆け付けた(与五郎はタキシードにヴィトンのコサージュを付けていた)。的子と与五郎のカップルは、今やセレブ中のセレブとなって、与五郎の作品を知らない若い人にも絶大な人気、という有様なのだ。その理由は、いい歳して的子の着せ替え人形になっている与五郎って可愛い、というものだった。寺で地味に暮らす袈裟子がふて腐れるのも無理はない。

二人が気になって仕方がない袈裟子は、女性誌や女性週刊誌、写真週刊誌、ネット情報などで与五郎を追い続け、いつの間にか、立派な与五郎ウォッチャーに成長していた。今や、袈裟子が知らないことはほとんどない。住んでいる場所、電話番号、マネージャーの氏名、乗っている車の車種。どうしても知り得ないのは、携帯電話の番号と、カードの暗証番号くらいだった。

義父が診療所に入って行くのが見えた。袈裟子は、もう一本盗み煙草をした。このままでは寺男ならぬ、寺女になって朽ちてしまいそうな自分が歯痒かった。だが、私生児で何の取り柄もない自分は、一人で家を出る勇気もない。袈裟子は舌打ちした。

「すみません」

勝手口で男の声がした。袈裟子は驚き、慌てて煙草を揉み消した。「ごめんください」と、誰かが戸を叩いている。仕方なしにドアを開けると、曇天を背に黒っぽいスーツにポロシャツ、巨人軍の帽子を被った中年男が立っていた。ひょろひょろと痩せて背が高く、顔は尖っている。袈裟子は警戒しながら問うた。

「何かご用ですか」

「すみません。ちょっと言っておきたいことがありまして」

男はちらりと中を覗いてから、滑らかな口調で言った。週刊誌のような物を丸めて持っている。よく見るとゴルフ雑誌だが、角が擦り切れていた。男はゴルフ雑誌で拍子を取るように、ぺらぺらと淀《よど》みなく喋った。

「お宅の庭を拝見しましたが、毒草ばかりあるのはやばいんじゃないでしょうか。まずもってシキミ。それからご存じ、トリカブト。これは猛毒でして、石垣島で奥さんにカプセル飲ませて殺した人がおったくらいです。次にイチイ。イチイは良い木材ですが、赤い実がやばいです。色が綺麗なんで、よく子供が食らいます。あとスズランですが、これもやばいんですよ。井戸の側に植えるなんて愚の骨頂です。それとね、この季節はもう終わってるから、お宅にあるかどうかわからないけど、この分ではスイセンもあるんじゃないですか。スイセンはね、これ、最もやばいです。毒がたっぷりです。触るだけでかぶれますよ。よく生け花をしてですね、手がかぶれる人、いるんです。私、とても驚きましたけどね、これだけ毒草が揃っているお寺はそうはありませんよ。寺の本分って人助けではないでしょうか。これは逆ですから、私、やばいと思いますよ」

男は、袈裟子を非難するように見た。

「誰が植えたんですかね」

「昔からありましたよ」

　袈裟子は嘘を吐《つ》いた。トリカブト、スイセン、スズランは、一昨年、自分が植えたのだった。「毒草研究」という本を図書館で読んで、種を買って来たのだ。いつの日か、まず義父に、それから弟に食べさせてやろうと目論んで。

「じゃあ、ここは毒寺ですね。そうだ、毒寺だ」

　男は自分の言葉に興奮して、毒寺、毒寺、と言って喜色を明らかにした。袈裟子は気弱に目を逸らした。こっそり植えたのに、そんなことを声高に言われたら、さぞかし義父が怒ることだろう。計画が頓挫するどころか、袈裟子がこの先、寺にいられるかどうかも危うい。

「変なこと言わないでください」

　声が低くなった。我ながら、気が小さい女だと思う。

「図星だったんじゃないですか。どうですか」

　男は、へへへ、と笑って、袈裟子の目を覗き込んだ。袈裟子は怯えつつも、うんざりした。また頭の変な輩《やから》がやって来た。寺はどういう訳か、奇人変人と物乞いを呼び寄せるらしい。

「それはともかく、私は昨日の朝から何も食べてないんです」

　男はそれが袈裟子の責任であるかのように高飛車に言った。

「でも、私もまだ起きたばかりで何も食べてないし、うちは別に美味しいものなんて何もないんですよ」袈裟子は言い訳して、炊飯ジャーを示した。「ご飯でいいのなら、少し上げますけど」

「いやいやいや」と、男はゴルフ雑誌を左右に振った。「それより、お金くれませんか。千円でいいですから」

この男も、寺から金を貰って当たり前と思っている口だ。いくら宗教法人といっても、慈悲心だけでやっていけるはずがない。借金が払えず、人手に渡った寺も数多くあるのだ。袈裟子は困惑して目を泳がせた。こんな時、母は食べ物で誤魔化し、義父は適当な法話で相手を煙に巻くのを得意とし、弟はその場から遁走するのを常としていたから、捕まって悩むのは、いつも鈍臭《どんくさ》い袈裟子なのだった。その意味で、男は運が良かった。袈裟子が迷っていると、男はゴルフ雑誌で口許を囲いながら、囁いた。

「千円くれたら、いいこと教えてあげますから」

「何ですか」

「あなたの役に立つ、いいことです」

好奇心に勝てず、袈裟子は食器棚の引き出しに仕舞ってあるがま口から千円札を抜き取った。男は嬉しそうに眺めている。袈裟子が千円札を男の掌に押し込むと、男は扉の裏から何かを摑んで引き寄せた。男に腕を摑まれ、ボロ人形のように現れたのは、驚いたことに、男の幼児だった。子供はまだ二歳ぐらいで、寒空に薄汚れた半袖のTシャツと半ズボンという哀れっぽい身形《みなり》をしていた。大き過ぎるTシャツと半ズボンは、どこかの幼稚園の体操服らしく、ローマ字でNAKAYOSHIと入っている。案の定、青洟《あおばな》を垂らし、薄赤い頬には涙の痕らしい黒い筋が二本ついていた。

袈裟子は思わず後退《あとずさ》った。男の子。地震の最中に聞いた声は、この子供の声だったのではないか。悪夢に男の幼児が出て来たので、その偶然に戦《おのの》いたのだが、よく考えてみると、この親子は袈裟子の部屋の軒下で野宿でもしていたのだろう。地震で驚いて、思わず声を上げたに違いない。その声を聞いたために悪夢を見たかと思うと、腹立たしくてならなかった。

「おばちゃん、おかね、くだしゃい」

幼児は父親らしき男に言い含められていたのか、たどたどしい口振りで言って、哀れっぽく袈裟子の顔を見上げた。細い目が吊り上がって唇が厚く、可愛げのない顔をしている。

「お金は上げたじゃない。いいことって、何よ」

男は後ろを振り返って誰もいないことを確かめた後、自慢げに言った。

「実はね、お姉さん。この子は爆弾なんですよ。嘘じゃありません。デイジーカッターか、MOABくらいの威力があるんです。自衛隊に売り込もうかと思ってるくらい。嘘じゃないです。ほら、これ見てください」

男は尻ポケットから薄汚い手帳を取り出し、中から一葉の写真を摘み上げて、袈裟子に見せた。ほんの一瞬だったので、よくわからなかったが、泣いている子供の横で仰向けに倒れている女の顔が見えた。トリック写真にも見えたが、事故現場のような禍々《まがまが》しさに満ちていて、袈裟子は思わず小さな悲鳴を上げた。

「これ、マジ？」

「マジもマジ。大マジです。この子が泣くとね、毒草よりやばいことが起きるんですよ。どういう訳か、人が死ぬんです」

男はそう言って、子供の頭を撫でさすった。子供は写真を見たそうに痩せた腕を上げたが、男は取られないように、さっさと手帳の中に仕舞ってしまった。夢と同じではないか。袈裟子は興奮のあまり笑いだしながら言った。

「信じられないわ」

「信じなくても結構ですよ。これ、本当のことですから。いいですか、さっきの写真はね、この子の母親なの。これが悪い女でね、虐待、放置の数々で、さんざんこの子を苦しめた結果がこれですよ」

男は、手帳を入れた尻ポケットの辺りをぽんと手で叩いた。袈裟子は首を振った。何と馬鹿なことに関わっているのだろうか。忙しいのに。

「はいはい、わかりましたよ」

「お姉さん、信じないならそれでいいけど。私ね、十万でこの子貸し出しますよ。あんた、毒草を必要としてるんでしょう。そんなもんより、うちの子の方がずっと効き目ありますから」

袈裟子は聞かない振りをして、食器棚の上に置いてあったクッキーの袋を幼児に手渡した。どうせ、弟のために母親が買った物だから、惜しくなかった。

「ねえ、これで勘弁してくださいよ」

男は真意がわかって貰えない、と言わんばかりに不満げに唇を尖らせたが、袈裟子は構わず押し付けた。幼児は、ごくっと唾を飲んでクッキーを眺めて、焦点の合わない眠そうな目で、こんなことを呟いた。

「おばちゃん、きれえ」

男が色の悪い歯茎を剝き出して笑った。袈裟子は、思わず眉を顰《ひそ》めた。子供の口を通して厭味を言われたことが堪《たま》らなく不快だった。

「早く行かないと、住職が戻って来ますよ」

袈裟子は、わざと診療所の方を窺う振りをした。男はやっと諦めて、子供の手を取った。

「ま、ご用の向きはよろしくお願いしますよ」

はいはい、と答え、二人を追い出してドアを閉めた。窓から覗くと、二人は手を繋いで山門の方に歩いて行く。早く出て行ってくれ。ああ、千円損した。


袈裟子は顔も洗わずに外に出て、山門の前のマクドナルドの袋を片付けにかかった。ドリンク容器の蓋が外れ、フリースの袖に飲み残しのコーラが引っかかった。袈裟子は不快さにヒステリーを起こしそうになる。やっとこさゴミを片付け、山門から本堂まで続く長い石畳を竹箒で掃き始めると、両側に迫る大量の墓が鬱陶しくなった。古い墓石は朽ち果てて、どの墓の裏にも陰気な卒塔婆が沢山突き刺さっている。墓地の掃除は、週に一度。母と手伝いの老人とですることになっていたが、いずれ、人件費を節約するために、老人をクビにして自分が手伝わされることになるだろう。

寺にいる限り、永遠に掃除だけの人生で終わりそうだった。どうして、こんな貧乏寺なんかに生まれたのだろう。袈裟子は泣きたくなった。それに引き替え、パーティやインタビュー。与五郎の人生は華やかで、他人に注目され、ちやほやされ続けている。もしかすると、与五郎の娘として、違う人生があったのではないか。袈裟子は、竹箒を握っている自分が可哀相になった。

不意に視線を感じて、袈裟子は振り返った。本堂の裏手に、さっきの親子がいる。袈裟子の姿を見て、二人はさっと身を隠した。このまま境内に居着く気かもしれない。義父に言い付けてやろうかと思ったが、そうすれば、安易に金をやったことが、そして毒草なんかを植えたことがばれるかもしれない。袈裟子は唇を嚙んだ。あんな脅迫に乗って、親切にしてやったことが悔やまれる。何がデイジーカッターだ、馬鹿馬鹿しい。どうかしていたのだ。

「ご苦労様。今日の地震、怖かったわね」

山門から、信徒の婆さんが入って来た。付設診療所で、義父の法話付き鍼治療を受けるのだ。袈裟子は作り笑いをしてやり過ごす。

「あら、お墓が崩れてる。あなた、あれ、何とかしないと駄目じゃない」

婆さんが目敏《めざと》く墓石を指さした。横から巨大なハンマーで叩いたかのように、積み上がった古い墓石がずれていた。袈裟子は、石屋に知らせるのを忘れていたことに気付いた。庫裏に走って行きかけてから、面倒臭いので午後にしようと思い、へっと舌を出した。義父が午後から出張に出ることを思い出したためだった。弟も合宿でいないし、今日の夜は珍しく羽を伸ばせそうだ。

診療所から、疲れた表情の母が現れた。髪を結わえた輪ゴムからほつれ髪が幾筋も落ちて、窶《やつ》れた顔に影を作っている。茶色の染みだらけの顔は、誰がどう見たって、ドリス的子の方が数百倍、いや数千倍魅力的だということを告げていた。

「あんた寝坊したんだってね。お父さん怒ってたわよ」

母は、袈裟子に会うなり詰《なじ》った。

「年がら年中、こうやって掃除ばっかりしてんだから、たまには寝坊くらいしたっていいじゃない」

袈裟子は反抗的に言い返した。最近の母は、義父の味方をしているように思えてならない。それに、ヨガを始めたせいで、菜食だの、精神性だのと言いだしたのが気に入らない。いずれ、ヨガも診療所で教えようという魂胆があるらしい。

「のろいわね。間に合わないから、あたしがやるわ」

母は袈裟子から竹箒を奪い、石畳の上に溜まった砂埃を掃き始めた。

「お母さん、本堂の裏に変な親子がいるよ。ホームレスみたいな」

「放っときなさい。すぐいなくなるわよ」

義父に告げ口すれば、警察に電話しろ、となるはずだった。袈裟子は本堂の掃除をさぼりたくて、母の側をうろついた。

「お母さん、住職は午後から出張なんだってね」

「寺経研の合宿よ。湯河原に泊まるんだって」

母は顔を上げずに答えた。寺経研とは、寺社経営研究会の略で、義父はそこの運営委員をやっていた。貧乏寺のために、あれこれと経営戦略を練ったり、指導する会だ。例えば、門前市の開き方、女性に受ける精進料理の作り方、檀家をコンピュータ管理する方法、合理的葬儀についての研究、などだ。義父は成功者として、何度も業界紙で取り上げられた有名人だった。得意そうな顔でマイクを握る義父の姿を想像し、袈裟子は嘲笑った。

「正史《まさし》もいないし、ラッキーじゃん」

正史とは弟の名前だ。あ、こいつもMで始まる。袈裟子は不愉快になった。

「今日の夜は『勝手にヨゴロー・コーナー』があるし、お母さん、お酒でも飲もうよ」

「勝手にヨゴロー・コーナー」とは、夜のニュース番組の中で、毎週一回、神野与五郎が好き勝手なことを言うコーナーだった。母は、義父に気取《けど》られるのを怖れてか、一度も見たことがないらしい。母は驚いた顔をした。

「えっ、あの人、今そんなことしてるの」

「面白いって評判だよ」

「人ってわからないもんね。あたしと会った頃は、新宿でヒッピーの真似事して、この世の中のすべてを否定してやる、破壊してやる、なんて息巻いてた癖にね」

母がくすりと笑った。瞬間、母の顔に若さが蘇り、袈裟子は愉快になった。久しぶりに、母と与五郎の話をして、繭を作り直してもいい気分になっている。


その夜、テレビでは神野与五郎が甲高い声で喋っていた。今日は、赤や黄色の派手な模様が散ったアロハにジーンズだった。胸元に見せた白いTシャツと、いい具合に色落ちしたジーンズが、与五郎を若く見せている。禿げているが、洒落た服装と鋭い眼差しとで、魅力的に見えないこともなかった。

「小泉の靖国参拝ね。あんなものは、票稼ぎ以外の何ものでもないんだから、語るに値しないよ。中国も韓国も収まりゃしないって言うけど、そんなものは外交問題で何とかしろって言うの。問題はね、日本人の信仰を馬鹿にしたことですよ。本当に参りたいのなら、こっそり行くでしょう。それが本当の信仰の姿でしょう。人に見せるものじゃない。だいたい、靖国参拝を信仰と言うことの方が舐めてるんだよ。なぜ靖国神社が、小泉に対して怒らないのか、俺はそっちの方が不思議だね。俺なんかね、命狙われてたんだから。それがどんなことかわかりますか。毎日、怯えて暮らしてごらんなさいよ。頭おかしくなるよ」

袈裟子は黙って、実の父親とされる人物を見据えた。庶子とは、旧民法で嫡出子ではない子供のことを言うらしいが、それは認知が前提とされる。自分は与五郎に認知もされていない私生児だ。お前はなぜ私を私生児にした。認知されている長男は、与五郎の金でパリ留学し、今や有名建築家だ。怒りを静かに抑えながら袈裟子は、きょろきょろ動く、テレビの中の与五郎の目を睨んだ。

「でも、与五郎さんは、もう安全なんでしょう」

女性キャスターが聞いた。与五郎は、憤怒のあまりか、アロハのボタンをむしり取りそうになった。

「頭来るなあ、その言い方。安全かどうかなんて、わかりませんよ。俺ら、物書きはね、一生危ないの。表現することは闘うことなんですよ。あんたみたいにうまく化粧してトシ誤魔化して、ぺらぺら喋るだけが能の女とは違うんだからさ」

「与五郎さん、ハイテンションですね。ちょっと言い過ぎじゃないですか」

女性キャスターが笑いながら諌《いさ》めたが、目は笑っていない。与五郎は、にやりとした。

「これ、セクハラですか。じゃ、訴えてください。この番組下ろしてください。俺は好き勝手にやってくれ、とプロデューサーに言われて出てるんだ。好き勝手にやるってことはね、これも命賭けるってことなの。わかる？　あんたに」

憎たらしさ満点だった。絶句した女性キャスターが大写しになる。


「あの人、こんなことしてるのね。まるでタレントじゃない」

母親が、さも軽蔑したと言わんばかりの顔で感想を述べた。夢中になって与五郎を見ていた袈裟子は、母親の態度に失望する。

「カッコイイじゃない」

「格好悪いわよ」

朝の早い母親は、すでに番組に関心をなくしたらしく、欠伸《あくび》を止められない様子だ。

「でも、あたしの実の父親なんでしょう。何で、与五郎はあたしを認知してくれないのかしら」

母親は、ちらりと袈裟子を見た。その目に憐れむ色があるのを知って、袈裟子はかっとした。

「お母さん、与五郎のこと、本当なんでしょうね」

「残念だけど、本当よ」

「残念ってどういう意味。あたしの実の父親を馬鹿にするの。あたし、もういい加減うんざりなんだからね、この寺にいるのは。出て行きたくて仕方がないんだから」

　母親は両の指でこめかみを揉みながら、疲れた様子で呟いた。

「だったら、出てけばいいじゃない。誰も止めないわよ」

「何言ってるの。あたしみたいな私生児はどこも雇ってくれないわよ。お母さんは無責任過ぎるんだよ」

「あなたが怠けてるだけよ。きょうび、そんな馬鹿なことないわよ」母は、うんざりした顔をした。「袈裟子はあたしが住職と結婚したのが気に入らないんでしょう。わかってるわよ」

　袈裟子は、ぐびりと焼酎を飲んだ。母と自分がくるまっていた繭なんか、とうに失われていたことに気付き、愕然とした。

「気に入らないわよ。だって、偉そうに威張ってて、あたしのことなんか馬鹿にしているし、本当に大嫌い。だけど、与五郎は凄いわよ。あたしは与五郎の娘だってことを誇りに思ってるのよ」

　母親は溜息を吐いた。

「与五郎があたしと結婚しなかった理由はね、あたしが寺の娘だからなのよ。MだのKだのの問題じゃないの。寺の娘と結婚したら、あいつが巻き込まれている宗教問題がより複雑になるでしょう。それが嫌だったの。自分の命しか考えていない人なのよ。あんたのことを、認知してくれ、とあたしが頼んでも頑としてしなかった。男の子じゃないし、うちの宗派と関係を持っているんじゃないかと勘繰られるのが嫌だったのよ。ただ、それだけ。だから、あたしは自分の意志であんたを産むことにしたのよ。あんな人に頭下げてまで認知して貰うのは癪だった。与五郎は、あたしが今まで会った中で、人間としても男としても相当下劣な部類だと思うわ」

「お母さんは、今までいいことしか言わなかったじゃない。あたしのおでこが与五郎に似てるだの、物書きの才能があるんじゃないの、だの」

袈裟子は食い下がった。

「それはあんたが可哀相だったからよ。下劣な男の子供だなんて言われたくないでしょう。あんたは気に入らないみたいだけど、あたしは住職は偉いと思うわ。この貧乏寺を見事に立て直したし、あの人はよく働く。あんたのことだって、一度も出て行け、なんて言ったことないでしょう。自分の子供として分け隔てなく接してくれてると思うわ。あんたは与五郎のことばかり言うけど、あんたの父親は住職なのよ。住職に恩を感じた方が、あんたの幸せは約束されると思うわ」

袈裟子は悔しさに唇を噛んだ。裏切り者、という言葉が浮かんだ。それに、与五郎をこれほど悪く言う母を見たのも初めてだった。母は酔ったと見えて、ごろりと畳に横になった。袈裟子は立ち上がり、仰臥《ぎょうが》する母の全身を見下ろした。間違いなく、自分は与五郎の子供だ、と思った。何より、母が大嫌いだった。しかし、真実の父親も母親も、自分を救ってくれる人間ではなかった。急激に体温が奪われるように、袈裟子の内部から熱の塊が失せていった。代わりに、何かを壊さねば承知しない凶暴な怒りが袈裟子をぶるぶると震えさせている。

いくら自分の家と雖《いえど》も、夜の墓場は気味が悪い。袈裟子は境内を彷徨《さまよ》い、ホームレスの親子を探した。果たして、親子は本堂の縁の下に潜り込んでいた。ちゃっかりと地面に段ボールを敷き詰めて毛布を頭から被り、案外快適そうだ。

「おじさん。こんなところで寒くない？」

袈裟子が起こすと、男は驚いた顔で目を細めた。子供は男の懐で寝入っているらしい。

「明日の朝までなら、そこの診療所で寝ていいよ。午前中、住職がいないから大丈夫」

袈裟子は、鍵を見せた。男は半信半疑なのか、動こうとしない。袈裟子が強引に男の腕を取ると、半ば諦めた様子で、眠りこけている子供を抱き抱えて付いて来た。袈裟子は診療所の鍵を開けて、中に請じ入れた。診療所は、畳敷きで薄い布団もあるし、洗面所やトイレも設《しつら》えてある。

男はほっとしたように礼を言った。

「すみません。じゃ、ひと晩だけお借りします。明日の朝、すぐに出て行きますから」

袈裟子は念を押した。

「そうしてくれる？　あんたたちがいることがばれたら、住職は警察に連絡すると思うの。だから、いない間だけよ」


翌朝、診療所に行ってみると、男は洗面器に入れた水で子供の顔を洗ってやっているところだった。袈裟子は握り飯とゆで卵を差し入れた。

「ありがとうございます」

昨日、庭の毒草に文句を付けた時とは打って変わり、男は卑屈に何度も礼を言った。子供は慢性的な栄養失調なのか、眠気が取れないような、ぼんやりした顔をしている。

「この子、お子さんなの。幾つ」

「二歳になったばかりです。こんなこと、長く続けられないと思うんですけどね。職探ししてるんですが、子連れじゃうまくいかないしねえ」

愚痴が続きそうだった。袈裟子はジーンズのポケットから金を取り出して、男に差し出した。なけなしの十万だった。

「今日の午後、お子さん、貸してくれない」

袈裟子の申し出を、男は驚きもせず、品物のように「どうぞ」と子供を差し出した。子供は洗顔の水をぽたぽたと垂らしながら、すっぽりと袈裟子の腕の中に入って来た。

「どうすればいいの」

男は、にやりと笑った。

「泣かせればいいんです、泣かせれば。そしたら、必ずある言葉を喋りますから、それでイチコロです」

「ある言葉って何」

袈裟子は不安になった。話が違うではないか。男は狡そうに目を逸らした。

「それを聞くには、もう十万必要です」

そんな金はもうない。顔を曇らせた袈裟子に、男は囁いた。

「金庫から持って来たらどうですかね。いくら何でも、十万くらいはあるでしょう」

金庫の番号は、住職しか知らない。袈裟子は必死に縋った。男に騙されているのではないか、という発想など、最早全くない。弟は合宿、母はヨガで外出する。今日しかチャンスはないのだった。

「無理だわ、お金ないのよ。だから、このまま貸して。ねえ、どうしたらいいのかしら」

「そうですねえ」男は考えに耽るように、診療所の屋根を眺めた。天井は金がかかるので、張っていない。「だったら、泣くだけ泣かせておいて、その間は耳を塞いでいればいいんですよ。で、収まった頃に行けばいい。そしたら、大丈夫ですよ。私は午後になったらパチンコにでも行って、夕方戻って来ますから、その間レンタルします。大丈夫、絶対」

男は、やけに親しげに袈裟子の肩に手を置くのだった。

本堂の裏で、袈裟子は手を繋いだ子供を見下ろした。子供は立ったまま、うつらうつらしていて、一向に泣いてくれそうにない。袈裟子は、子供の剝き出しの臑《すね》を抓《つね》ってみた。子供は、はっとしたように目を覚まして袈裟子を見、不信感を募らせた表情になった。怖《お》じて後退る様は、野良猫の子のようだ。袈裟子は笑ってみせて、ごめんごめん、とポケットから飴を与えた。口に飴を頰張った子供は、すぐに地面に吐き出し、その飴に土を塗《まぶ》して遊び始めた。汚ねえ。袈裟子は口に出して、立ち上がった。放って置けば、砂まみれの飴を口に入れかねないが、これ以上面倒を見るのはご免だった。とうに午後二時を過ぎている。早くしないと、母親が帰って来る。

やっと、山門の前でタクシーが停まった。蒲鉾《かまぼこ》だの干物だのの土産物を提げ、義父が大声で笑いながら金を払っている。声が大きいのは、上機嫌の証拠だった。義父が石畳を歩いているうちに、子供の力を試してみたかった。できれば、外で死んでくれるのが一番有難いからだ。

「おばちゃん、さむい」

子供がたどたどしく袈裟子に訴えたが、袈裟子は聞いておらず、子供を石畳に突き飛ばして本堂の裏に走った。しっかり両耳を押さえて、様子を見る。

子供は何が起きたのかわからない様子で、ころころと石の上を転がった。やがて、顔をくしゃくしゃにして周囲を見回した。泣きだす前兆だった。子供は一人きりになったことを知り、やっとべそをかき始めた。袈裟子はわくわくした。これから自分の半生を賭けた壮大な実験が行われるのだ。子供は大声で泣いている。子供が何か言ったとしても聞こえないが、死ぬのが恐いから仕方がなかった。山門からこちらに向かって来る義父が、泣いている子供に気付き、苛立った様子で辺りを見回した。袈裟子を探しているのだろう。誰もいないのを知って、仕方なしに子供に近寄って来た。義父は、泣いている子供の前で何か話しかけたが、子供は泣きじゃくるだけで何も言わない。義父が面倒臭そうに、両手に持った荷物を地面に置き、子供の前に屈んだ。すると、子供が何か叫んで、周囲を見回した。義父が驚愕の表情を浮かべてぱたんと前のめりに頽《くずお》れた。

嘘。袈裟子は驚いて目を瞠《みは》った。何が起きたのか、よくわからなかった。死んでしまったのだろうか。義父は倒れたきり、ぴくりとも動かない。まさか本当に死ぬなんて。万が一成功したら、弟にも試してみよう、などと考えていたが、半ば冗談だった。面白い実験に過ぎなかったのに。

子供は急に泣きやみ、きょとんとして義父の顔を覗き込んでいる。それから、くるりと向き直ってあちこち眺めた後に、格好の玩具を見付けたといわんばかりに、蒲鉾の入ったプラスチックの籠をこじ開けようとして夢中になっている。泣きやんだら近付け、と父親は言っていたではないか。袈裟子はこっそり参道に向かった。

「おいで。帰るよ」

袈裟子は、子供を呼んだ。子供は籠を開けるのに夢中で、振り向きもしない。袈裟子は手招きした。

「早くおいで」

子供はちらりと振り向いたが、青洟を啜って飲み込み、泥だらけの汚い指で熱心に籠を破ろうとしている。誰かが来ると困る。袈裟子は苛付きながら促した。

「早く早く。おばちゃん帰っちゃうよ」

子供がやっと振り向いたが、まだ動こうとしないので、袈裟子は焦った。

「早くしないと、お父さん、どっか行っちゃうから」

見る見るうちに、子供の目に涙が溜まった。早くも泣きだしながら、子供は叫んだ。

「おとうしゃん、どこ」

袈裟子は心臓に激しい痛みを感じたが、驚く間もなく絶命していた。

アンボス・ムンドス

小説家の方にお会いしたのは初めてです。あまり詳しくないので、お名前を存じ上げないで失礼しました。私が読んだことがあるのは、夏目漱石や芥川龍之介、山本有三とか宮澤賢治、いわゆる古典みたいなものばかりです、現代小説の方にはとんと疎《うと》いのです。本当に申し訳ありません。小説って、どうやって書かれるのですか。実際に起きたことをヒントにして書いたりなさるんでしょうか。そうとも限らないのですね。でしたら、先生の頭の中だけで、人物や出来事を想像して詳しく描写して、しかも起承転結を考えて構成する訳ですよね。素晴らしい能力だと思います。私には、どう逆立ちしたってできませんもの、そういう能力のある方が羨ましいです。

私は、埼玉県で学習塾の講師をしています。有名なマンモス塾です。名前を聞けば、きっとご存じの。いいえ、マドンナ先生なんかじゃありません。相手は小学生ですから。ええ、私はそこで小学五、六年生に国語を教えています。それで、夏目漱石などは、必要あって読むんです。申し訳ないんですが、本好きというほどではありません。どちらかと言うと、体育教師になりたかった口です。体を動かすことは好きなんですよ。でも結局、同じようなことをしちゃっているんですけど。はい、前にも教えていました。教師って潰しが利かないみたいですね。一応、教員の免許は持っています。実際に小学校で教えていたこともあります。でも、もう小学校の先生はいいか、と思って辞めてしまいました。今の世の中は、保護者がうるさいですし、学校でもとんでもない事件が起きますから、教師はみんな苦労してると思いますよ。もう二度とやる気はありません。

学校で一番苦労したのは何か、というご質問ですか。凄いですね。取材に入られたみたいで、私もついつい喋ってしまいそうです。旅先なんかだと気も緩みますものね。いいえ、別に気にしてませんので、お気遣いなさらないでください。私も、さっき珍しくワインを飲んだので、何となく誰かと話したいなあ、と思っていたところです。泊まり客もそう多くないみたいだし、ここでお喋りしましょう。ええ、このペンションのお食事は美味しいですね。デザートのブルーベリー・パイは奥様の手作りだそうです。ペンションの経営って、女の子は憧れるそうですけど、実際はお客に気を遣ったり、重労働なんでしょうね。私には、絶対にできそうもないです。どこにも楽な世界はないなあ、とつくづく思います。歳を取るに従って、自分には到底できないことがわかるようになってきましたね。それだけは、いいことだと思います。私ですか？　今年で三十歳になりました。老成した考え方ですか。そんなことを言われたのは初めてです。はい、独身です。今回は何となく、一人旅です。たまには自分にご褒美で旅行も悪くないかなあ、なんて思って。でも、私はご褒美ばかりあげている駄目な人間ですけど。

こちらには何かの取材でいらしたんですか。ああ、渓流釣りですか。そういうご趣味があると楽しいでしょうね。勿論、結婚してらっしゃいますよね。薬指にリングをしていらっしゃるので、すぐわかります。お子さんは、小学校六年と四年ですか。大変だなあ。何が大変かって、その年頃の子供が何を考えているかよくわからないからです。私、すぐに勤めていた時のこと、思い出しちゃうんですよね。

学校を辞めた理由ですか。あまり言いたくないですね。だって、世間体が悪いことだったし。本当ですよ。でも、小説を書かれる方なら、私の話もいつか小説にしてくださるかもしれないですね。そう考えると、話してしまった方が自分のためになるのかもしれません。

さっき渓流釣りをなさるって仰ってましたが、木振《きぶり》川でしょうか。上流の方ですか。そう言えば、上流ではイワナが釣れるって聞いたことがあります。実は私、この辺はよく知ってるんですよ。木振市に住んでいたことがあるんです。もう四年も前のことになりますが、夏休みに、木振川近くの山中で、女の子が崖から転落して死んだ事故があったのをご存じですか。新聞にも随分取り上げられました。「瀕死の友に　ひと晩中歌で励ます」という見出しでした。覚えておられませんか。では、こう言ったら如何でしょうか。女児死亡事故が起きたのに、担任教師と教頭がこっそり海外旅行に行ってて、連絡が取れなくて問題になった小学校、と言ったら。ああ、やはりご存じでしたか。そうなんです。あの事故は、不祥事の方が有名になってしまって、事故の真相には誰も関心を持たなかった。はい、私がその時の担任です。浜崎と申します。

驚かれてますね。私も、このことは誰にも言わずにひっそり暮らしてきましたので、今夜は何となく晴れやかな気分です。先生、これからお話しすることをどうぞ小説にしてください。小説という形式だったら、私の気持ちをうまく表せるかもしれません。理由はわかりませんけど、そんな気がします。

あれは、夏休みの後半、お盆過ぎのことでした。無論、私は事故の起きた日にちははっきり覚えておりますが、奇妙なことに実感がないのです。先生もご存じでいらしたように、私は、当時付き合っていた男性教師と海外旅行に出ていたからなんです。事件が起きたのも知らずに、時差のある世界で夢のように楽しい時を過ごしていました。地球の表と裏。こちらの八月十五日は、裏側ではまだ十四日です。ということは、裏側に住んでいれば、永遠に来ない一日をずっと追いかけていられたんです。亡くなった子には申し訳ないけど、戻らなければ良かった、と思うことがあります。

こちらに帰って来た時は、浦島太郎のような気分でした。全く違う世界に豹変していたのです。相手の人の名は、もう言ってしまっても構わないでしょうね。時効だとは思いませんけれども、あの人も亡くなりましたので。はい、そうなんです。あの人は不祥事の責任を取って、辞表を出した直後に自殺したんです。彼の名は、池辺と言います。池辺は、木振小学校の教頭をしていました。当時四十六歳です。校長は女性で、教育熱心というよりは、保護者受けをいつも念頭においているような人でしたので、学校の実務や教育指導はほとんど池辺がやっていました。前向きで責任感の強い、とてもいい教師だったと思います。そして、私を心の底から愛してくれました。ああいう人には、もう二度と会えないでしょうね。若いのにどうして、なんて仰らないでください。私はもう未来のことなど考えても仕方がないのです。あの人は私に、輝く世界の裏には、無慈悲で残酷で、有用なことなど何ひとつない暗黒もあるのだ、ということを教えてくれたのです。いいえ、無慈悲で残酷というのは、あの事故のことではありません。彼の死でもありません。今の私の状態なんです。すみません、こんなことを言って。どうぞ、ご心配なさらないでください。

池辺は、慣れない土地に赴任した新卒の私を随分と気にかけてくれました。埼玉出身の私が、なぜ木振市の小学校を選んだのか、ということですか。はい、今は子供の数が減ってますので、教師になるにも大変な競争を勝ち抜かなければならないのです。地域など選べない状況でした。私は、両親も教師でしたから、子供の時から自分も教師になるのが当然だ、と思っていたのです。

池辺と私が愛情を確かめ合ったのは、私が赴任して二年目、二十四歳の時でした。それまでも、校内で池辺と会う度に、励まされる思いがして嬉しかったのですが、それは池辺が、私という新米教師を温かく見守ってくれているだけでなく、男としても私に興味を持っていることがわかっていたからです。はい、池辺は結婚していました。奥様は、隣町の高校の先生。女のお子さんが一人いらっしゃいましたが、今は二人共、奥様のご実家のある鹿児島に帰られたと聞いてます。

池辺と私の関係は深まるばかりで、人目を忍ぶ密会が続いていました。いつかどこかで二人で堂々と歩きたい。まだ若かった私は、池辺によく訴えたものです。すると、池辺は私にこう提案したのです。人生で一度だけ思い切ったことをしよう、夏休みに海外旅行に行って二人だけの時間を過ごそう、と。私は嬉しくて、どんなことをしても二人で旅行に行こうと思いました。実は、小学校の教師は、長期休暇中も結構忙しいのです。特に夏休みは、水泳指導や図書の整理などに駆り出されて、普段通りの出勤、と言っても過言ではありません。しかも、教頭である池辺は多忙でした。夏期休暇として取れるのは、たったの五日。それに土日を足して一週間。一週間だけ、二人で夢を見ようとしたのです。それが運命の別れ路だとも知らずに、私たちは春先から心躍る計画を練り続けました。

はい、そうかもしれません。私にはファザコンの気味があるのでしょう。若い頃から、年上の男性が好きでしたし、子供時代は、小学校の教師をしていた父のところに教え子たちが遊びに来ると、嫉妬して父の膝から離れなかったと母から聞いています。

旅の話に戻しますが、行く先はキューバにしました。どうせ行くのなら、二度と行けない遠いところ、地球の裏側にしよう、と池辺が言ったのです。池辺は、キューバに長年憧れを抱いていました。先生はご存じかと思いますが、池辺は、レイナルド・アレナスという作家が好きだったのです。学校には、それぞれ嘘の届け出をしました。池辺はメキシコに学究的な旅行、私はカナダに英語の研修、ということにして。旅行の日程は同じですが、他の教師もそうなのですから、何事もなければ絶対にばれない自信はありました。

当時、私は五年生の担任でした。五年一組。私の勤めていた木振小学校は、各学年ひとクラスしかありません。小学校の児童は、ほとんどが木材業者か、市内にある大手メーカーの自動車工場に勤めている家庭の子供でした。比較的裕福で安定し、知的好奇心も高い、教え甲斐のある子供たちばかりでしたが、私のクラスには問題がありました。女子の人間関係が複雑で、荒れていたのです。しかも、男女比のバランスが悪く、女子は、男子より八人も多い十九人。グループがはっきりあった訳ではありませんが、とりわけ目立つボス的な女子が一人いたのです。はい、それが、崖から落ちて死んだ金子サユリという子供です。

サユリの家は、元々雑貨商で、市内に幾つもコンビニを持っていました。先生が木振市内に行かれたら、KKストアという店を見てください。そこが、サユリの家の経営する店です。サユリは、経営者の三女でした。歳の離れた三姉妹の末っ子ですので、我が儘に育てられ、思ったことは何でも口に出して言う強気な子でした。それゆえに、クラスの中では恐れられ、嫌われてもいたのです。でも、表だって反抗できる、勇気ある女子は一人もいなかったと思います。サユリはまだ十一歳なのにませていて、弁が立つのです。私のことも舐めていて、「あゆ」と呼び捨てでした。浜崎あゆみから連想したのでしょうが、面白くはありませんでした。クラス全員が、「浜崎先生」ではなく、「あゆ」と呼ぶようになったからです。何度注意してもやめないどころか、私が通りかかると、「あゆ、男に色目使うなよー」なんて、からかったりするので手を焼いていました。

池辺は、私のクラスを心配していました。池辺によりますと、小学校高学年の女子は扱いが難しい、と言うのです。なぜなら、女子の世界は陰口によって成り立っている、と。確かに、その通りでした。陰口が微妙な力関係を日々更新し続けるのです。言われた子は仲間外れという証拠を提示されたも同然ですから、言われないように必死に努力します。言われないためには、自分が先んじて言う必要があるし、酷《ひど》い場合は捏造《ねつぞう》さえもあるのです。サユリが、子供たちに嫌われつつも怖がられていた理由は、その陰口の威力にありました。それは、誰よりも激しく、悪意あるものだったのです。サユリに歯向かう子供は、まず面と向かってぐさりとやられ、その後は陰口に堪えなければなりません。サユリは、手広く店を経営する両親、親戚や店員から入る人の噂を、子供同士の喧嘩にも適用するのでした。例えば、誰かと喧嘩したとします。すると、サユリは最後にこういう言い方をします。「あんたのお母さん、可哀相だね。お父さん、帰って来ないってほんと?」というように。サユリは、大人の世界で囁かれていることをうまく取り入れて、攻撃に使うのです。しかも、サユリのグループは他人の色事に目敏く、すぐに誰と誰が出来てる、というようなことを言い触らすのでした。しかも、大概の場合、当たっているのでした。

池辺は私に、何度も忠告しました。「女子に対してだけは、威厳を保て」と。陰口を言う子供は、先生に密告することでその攻撃性を減じる、と言うのです。そのためには、教師が、クラスの最高権力者になることが必須だ、とも。でも、不幸なことに、私のような新米教師が五年一組の担任になってしまった訳です。しかも、私には池辺との恋愛という負い目がありましたので、私もサユリを恐れていました。二十五、六歳の大人が、十一歳の女の子を怖がるなんて信じられない、と思われるでしょうね。でも、サユリの口から何が発せられるだろう、と私はいつも心配だったのです。私の中に、池辺との仲がばれたら、この恋愛は終わらざるを得ない、という怯えがあったせいでしょう。私は為す術《すべ》もなく、クラスの良くない状況を見て見ぬ振りをしていました。その意味で、サユリの遺族、池辺の家族、五年一組の全児童、保護者は皆、私のことを決して許さないと思います。なぜなら、サユリの権力が膨れ上がって、収拾がつかない状態になったのは、担任である私の無力が招いたとも言えるからです。

私と池辺は、計画通り、示し合わせて日本を発ちました。成田空港に行く途中も、着いてからも、私たちは知り合いに会わないかとびくびくしていましたので、飛行機に乗った途端、ほっとして互いに顔を見合わせたものです。飛行中、池辺は私の手をずっと握っていました。私は幸福感でいっぱいで、このまま死んでしまえたらどんなにいいだろう、飛行機が落ちてくれないか、と何度も翼を眺めたくらいです。その時一緒に死んでいたら、どんなにか良かったでしょう。もう叶わない夢ですが。ハバナで、私たちが泊まった宿は、「アンボス・ムンドス」という古いホテルでした。どういう意味かと尋ねる私に、池辺はこう答えました。「両方の世界という意味だ。新旧ふたつの世界のことだ」。私たちは、それから面白がって、東西、表裏、左右、男女、明暗など、対になる言葉を言い合って遊んだのでした。私が気に入った言葉は、表裏でした。だって、私たちは裏の世界でしか生きられないのです。こんな苦しいことがあるでしょうか。そう思った途端に、この旅行の輝かしさが作る闇の濃さを感じて、怖くなったことを覚えています。すると、池辺が私の手を握ってこう言ってくれたのです。もう、二度と離れないよ、と。その頃、日本ではとんでもない事態が出来《しゅったい》していることも知らずに、です。虫の知らせだったのでしょうか。最後の夜、私は胸騒ぎがして眠れませんでした。あまりにも池辺との旅行が楽しかったので、こんな天国のような日々が続く訳がない、と思ったのです。池辺も同様だったらしく、暗く沈み込んでいました。

成田空港に帰って来た時、「いたぞ」という声が近くで聞こえました。まさか、私たちのことだとは夢にも思いません。あれほど注意深く旅立ったのに、旅行中二人でいることにすっかり慣れ親しんだ私たちは、周囲の目を気にすることを怠り、これから別れて家に帰る悲しみの方に胸を塞がれていたのです。突然、メモを持った男が眼前に現れました。マイクを向ける男もいます。何が何だかわからないままに呆然としていると、男が私に問いかけました。

「お二人でどちらに行かれたのですか。連絡が取れないので大騒ぎになっていますよ」

「どういうことですか」

池辺が私を庇《かば》って聞き返しました。すると、男が非難めかして言いました。

「今日はサユリちゃんの告別式です」

「サユリというのは」

池辺の声は掠れていました。

「五年生の金子サユリちゃんです」

私と池辺は溺れる者同士のように絶望的な視線を交わしました。池辺の顔が歪み、みるみる蒼白になったのを覚えています。


事故と言っていいのか、事件と言っていいのかわかりませんが、私たちが後に知ることになった、ことの顚末をもう少し詳しく申し上げます。私のクラスの女児が、五人で木振川に遊びに行って、サユリだけが崖から転落して川原に落ち、他の四人は重傷のサユリの側で歌を歌って励ましながら、夜を明かしたのです。翌朝、サユリが亡くなったのを見届けた四人は、泣きながら山道を歩いて道に迷い、放心の態《てい》で彷徨《さまよ》っていたところを翌々日の朝、捜索隊に発見されました。学校側も急遽対策本部を作ったものの、教頭の池辺も担任の私も、連絡先として置いて行ったホテルにはいないことがわかって、そちらも騒ぎになっていたのでした。私の代わりに退職した父が出向き、一緒に山狩りに加わったそうです。池辺の家も、高校教師の奥様が対策本部に詰めていたと聞きました。私の家族も、池辺の奥様も、私たちが一緒だなどと思いもよらず、私たちも海外で行方不明になったのでは、と気を揉んでいたのでした。

言うまでもなく、周囲に多大な迷惑をかけた、私と池辺を取り巻く状況は厳しいものでした。五人の子供がいなくなったのは、私たちが出発した翌日の八月十三日。その二日後の十五日に四人の無事が確認され、すぐにサユリの遺体が見付かりました。つまり、サユリが亡くなったのは、十四日ということになります。私たちが帰国したのが十八日。ちょうどサユリの告別式の日でした。

私たちは、空港からその足でサユリの自宅に向かいましたが、私たちが不倫関係にあって、虚偽の届出をして旅行に行ったことは、その場にいる全員の知るところとなったのです。サユリの遺族、学校関係者、保護者、児童、そして私と池辺のそれぞれの家族。全員の非難の眼差しの中、私と池辺は焼香台に向かったのでした。あれほど辛い経験はありません。針のむしろという言葉がありますが、肉体的な痛みを伴わない痛みというものを、私は生まれて初めて経験しました。ええ、他人の視線が突き刺さって体中が痛いのです。焼香が済むと、今度はマスコミに取り囲まれました。記者が私たちを非難し、嘲笑い、罵倒しました。私たちの不始末の方ばかり取り上げられて、サユリの事故の真相究明は忘れられている、と私は内心不満に思いましたが、そんな主張もできないくらい、私も池辺も立場を危うくしていたのです。

後日、私は校長に付き添われ、改めてサユリの家に謝罪に行きましたが、家には上げて貰えませんでした。玄関先で、サユリの父親に「あんたの監督不行届だ、嘘吐きに教育者の資格はない」と怒鳴られました。私は、申し訳なさと羞恥で顔を上げられませんでした。当然でしょう。人は、夏休み中の子供の事故に対して、悲しみや理不尽さを感じても、その感情の持って行き場がありません。だから、私と池辺という現場責任者の不在と虚偽報告に、その矛先が向けられたのでした。とりわけ、池辺は、教頭という立場もありましたし、責任感も強いですから、サユリの死に打ちのめされていました。保護者のための事故説明会の席で、池辺は土下座したそうです。私は、校長から出席を見合わせるよう言われていましたので、その様子は後で校長から聞いたのです。しかも、「不倫教頭」などと週刊誌にも書かれ、とても辛かったろうと思います。

池辺とはどうなったのか、ということですね。泣く泣く別れました。私たちの仲は日本全国に知れ渡ったも同然なのですから、どうにもできるものではありません。たった一度だけ、池辺の車の中で、十五分くらい話しただけで終わりにしました。池辺は私にこう言いました。「もう駄目だ。あなたとはもう二度と会えなくなった」。私も頷きました。会って二人で話したり、抱き合っていれば、私たちは生き延びたかもしれません。しかし、池辺はそういう人間ではなかったのです。サユリという十一歳の少女が亡くなっている以上、二人だけの幸福を追い求めることは絶対にできない、と言うのです。サユリが苦しんで死んだ同時間に、私たちは地球の裏側で抱き合い、幸福に過ごしていたのだから、と。でも、私はもっと身勝手でした。サユリの死よりも、池辺と別れる方が辛かったし、社会的な制裁を恐れてもいました。私には到底背負いきれない重荷を、一生負わされたような気がして、何で私たちが、と不当に思う気持ちもあったのです。池辺はそんな私を哀れに思い、また同時に責任も感じていたのかもしれません。

「もしかすると、僕たちが幸福な思いをしたから、サユリちゃんが死んだのだろうか」

池辺がぽつんと言った時、私は震撼しました。同じことを考えはしたけれども、なぜ私たちが犠牲になるのだ、とも思ったからです。四十六歳の池辺と、二十六歳の私は、少しずつずれを生じていたのです。しかし、どのみち、そこまで考えざるを得ない私たちに、未来などなかった。楽しい時を過ごせば、必ずや大きなツケがくる。それは真実です。

新学期が始まりましたが、担任を外されて自宅待機を命じられた私は、脱力して過ごしました。池辺が恋しかったし、事後処理で頭を下げ回っている池辺の精神が保《も》つかどうか心配でなりませんでした。また、事故の内容を詳しく知れば知るほど、何か不自然な感じがして、釈然としないものがあったのです。

サユリは少し太めの子でした。そのためか、山歩きや川遊びを好む活動的な子ではありませんでした。家でスナック菓子を食べながらゲームをしたり、漫画を読む方が好きだった、と聞いております。そんなサユリが、どうして川遊びなんかに行ったのだろう、という疑問と、同行メンバーが普段サユリとあまり仲が良くない子供たちだったという事実が、私に言い知れぬ不安を与えていたのでした。何か不穏なことが起きたのではないか、と胸騒ぎがしてなりませんでした。

サユリと同行した子供は、全員が一組の女子です。青木玲子、野口綾、服部清花、西村多佳子の四人です。私が特に奇異に思ったのは、青木玲子と野口綾の二人でした。サユリが目の敵《かたき》にしていたからなのです。

青木玲子は、自動車工場の総務課長の一人娘でした。母親似の爽やかな美人で、小学校一年生から生理があったと聞きましたから、体の発育した大人っぽい子だったのです。頭も良く、学年では常にトップクラスでした。典型的な優等生タイプで、男子の人気も高かった。サユリはそれが気に入らなかったのでしょう。よく玲子の悪口を言っていたようなのです。私には内容まで伝わってはきませんが、男子の人気取りをしている、とかそんな他愛のないことだったと思います。玲子は、サユリに対しては距離を保っていました。

野口綾は、木材加工業の家の子です。家は裕福ですが、兄が一人いて、その子が知的障害児なのでした。一歳上の兄は、同じ小学校の中にある障害児クラスに通っていたので、綾がいつも手を引いて登校させていたのです。サユリは、綾の兄のこともしつこくからかっていたようです。その噂を聞いた時は、私も注意を与えましたが、サユリが陰で何と言っていたかまでは把握していません。はい、女子たちは私に心を開かなかったのです。綾は、おとなしいので言い返したりはしないのですが、一度キレて、サユリに摑みかかったことがあったそうです。その事件は、綾から詫びを入れて何とか収まったものの、サユリは自分に歯向かう子供を絶対に許しませんから、かなりぎくしゃくしていたと思われます。もし、二人の関係が変わったとしたら、玲子の仲介かもしれません。玲子と綾は仲が良く、サユリは玲子の陰口は叩いても、男子がいたりすれば、表面は仲良しを装ったりしていましたので。

服部清花は洋装店の、西村多佳子は公務員の娘でした。二人共、サユリグループのメンバーです。特に清花は、サユリの右腕と言ってもいいかと思います。実のところ、私は清花という子が苦手でした。サユリは男女のことに目敏いと言ったことを、覚えていらっしゃいますか。その手の情報を、かなりの程度、清花が提供していたようなのです。清花はませていて、化粧をして中学生の男子といるところを何度も目撃されています。クラスで一人だけ携帯電話を持っていますし、出会い系サイトで遊んでいるという噂もありました。その噂については、私が一度、放課後に清花を呼んで話をしたことがあります。すると、清花は否定した上に、私にこんなことを言ったのです。

「先生にあたしのことを言う権利はないんじゃないですか」

どういう意味か、と尋ねても、にやにやするだけで何も言いません。私は、池辺とのことを当てこすっているのかと焦りました。私たちが会うのは、主に隣のS市のレストランや、ホテルでした。私は清花に探りを入れました。

「そう言えば、S市で服部さんに会ったことない？」

清花は怪訝《けげん》な顔をしましたので、私は内心ほっとしたのですが、なんのために清花がそんなことを言ったかについては、とうとう解明できませんでした。そのことを池辺に伝えたかどうか、ですか。いいえ、池辺を心配させたくなかったので、何も言いませんでした。今思えば、私は自分のクラスのトラブルを池辺には詳しく報告していなかったように思います。ベテランの教育者である池辺に、自分を少しでも良く見せようと背伸びしていたのです。恥ずかしい話ですが、私は本当に未熟だったのです。

一方、多佳子は完全な付和雷同型と言いましょうか、時の権力者に付いていく気の弱い子供です。多佳子はサユリの金魚のフンでした。多佳子の目を見ると、いつもおどおどとサユリの機嫌を窺っているのがわかるだけに、逆に気の毒に思えたほどです。

少し、人間関係がおわかりいただけましたでしょうか。そんな訳で、サユリ派の清花と多佳子が一緒だったとしても、サユリが玲子や綾と川遊びをすること自体が、私にはちょっと信じられなかったのです。清花と多佳子が、サユリを裏切ることがあり得るか、というご質問ですか。私は、大いにあると思います。なぜなら、陰口の権力というのは、実は砂上の楼閣のようにいつ崩落するかわからないのです。サユリがその座を奪われるとしたら、サユリに代わる強い権力者が現れた時で、その子がサユリの悪口や陰口を率先して言えばいいのです。私が思いますに、サユリに代わるとしたら、玲子以外にいません。でも、玲子は女の子同士の闘争なんて興味ない、というポーズを装っていました。だから、私のクラスは混迷し続けていたのです。

九月初め、いよいよ自宅待機が解ける、と校長から電話がありました。私は図書室担当になったのです。私はいずれ辞職するつもりではおりましたが、とりあえず学校側の処分を受け、事件が一段落するまで待とうと思いました。しかし、久しぶりに出勤するのかと思うと、足が震えてきました。池辺の顔を見られるのは楽しみでしたが、教師や児童がどう私を迎えてくれるかが、不安でならなかったのです。

その夕、珍しいことに来客がありました。ドアを開けた私は、驚いて言葉が出ませんでした。サユリの一番上の姉、あつ子が立っていたのです。あつ子は私よりも三歳年下ですが、地元の建具屋の息子と十八歳で結婚しており、すでに子供がいる上に、その時も妊娠中でした。あつ子は、縞模様のマタニティドレスに出産太りの体を包み、暑そうにタオルハンカチで顔を扇《あお》いでいました。

「先生、お邪魔してもいいですか」

サユリの死から、まだ三週間しか経っていませんから、私はどんな態度を取っていいのか迷いました。しかも、あつ子は元ヤンキーという噂がありました。父親に追い返されたことを思い出して、私は自然、身構えました。ところが、あつ子は開口一番こう言いました。

「先生、仕方ないですよ。今度のこと、先生の責任じゃないもの。先生の旅行は、偶然の一致だったんだから運が悪いのよ。うちの父が失礼なことを言ったかもしれないけど、あの時は逆上してたからね」

年下とはいえ、あつ子には世慣れた貫禄が備わっていました。でも、その時の私は、身も心も挫《くじ》けていましたので、まともに目も見られないという情けない状態でした。今でしたら、「先生の責任じゃない」というあつ子の言葉にも、私は申し訳なく思って身を伏したとは思いますが、その時の私は、とにもかくにも、サユリの関係者から身を隠したい一心だったのです。ええ、私は未熟な上に、臆病な教師でした。

「私がもっと注意を払っていれば、こんなことにはならなかったと思います。本当に申し訳ありません。謝っても、サユリちゃんは帰って来ませんが」

私は涙をこぼしながら、小さな声で謝りました。あつ子は一瞬、遣る瀬ない表情をしました。でも、すぐに怒りを抑えられないような甲高い声で私に聞くのです。

「先生は、助かった子供から、事件のことを聞いたんですか」

私は首を振りました。実は、私は警察にクラスの状況を細かに報告したくらいで、他の誰とも会っていませんでした。特に、玲子や綾、清花、多佳子たちには、会わせて貰えなかったのです。学校側は、子供たちの精神面のケアということを第一義に掲げていましたし、私と池辺の不祥事への批判もひたすら恐れ、外部との接触のみならず、関係者同士も会わせないようにしていたのです。

「まだ、何も聞いていません。会ってもいないんです」

あつ子は真偽を確かめるように私の顔を睨み付けていましたが、すぐ唇を尖らせました。

「あいつら、みんな元気ですよ。ぴんぴんしてる。事故の後、病院に入ったって言ってたでしょう。あたしの知り合いが看護師やってるから様子を聞いたのよ。四人共、食欲もあったし、テレビ見て笑ったり、凄く元気だったらしいよ」

「そうですか。サユリちゃんが亡くなって、ショックじゃないのかしら」

私が呟きますと、あつ子は我が意を得たり、とばかりに頷きました。

「警察は、事故だ事故だって言うけど、あたしには腑に落ちないんですよ。父も母も悲しんでるんで、こんなこと言うとまた心が乱れるだろうからしないけど、先生に意見を聞きたいんですよ。あたしはどうしても納得がいかないの。実はね、亭主が工場の社宅の方に仕事に行って、たまま噂を聞いてきたんですけど、四人の子供たちの中に、サユリが死んだ時に、万歳三唱をした子がいるって言うんですよ。そら勿論、サユリがイジメっ子だったとか、悪口を言い触らしてた、とか嫌な噂も耳に入らないでもないけど、死んでしまって万歳されるなんて、あんまりじゃないですか。うちではいい子だったんですよ。あたしとは歳が離れていたから、あまり一緒にいてやれなかったけど、あたしには可愛い妹なの。サユリはうちのチビも可愛がってくれたし、犬や猫も大好きだった。そんなに悪い子じゃないですよ。優しいところもいっぱいあった。なのに、どうしてそんな酷いことをされるんでしょうか」

あつ子は、涙をぽろぽろとこぼしました。私もつい貰い泣きしてしまって、しばらくは互いに言葉にならず泣きじゃくっていました。私は本当にいたたまれなかったのです。どんな子にも親がいて、兄弟姉妹がいて、いろいろな人間関係の中で人は生きているのですから、ひとつの命が断ち切られたと言っても、そこに繋がっているものは大きく深いのです。あつ子が、唇に流れた涙を舌で舐め取りながら続けました。

「しかも、先生。山の中で一人だけ落っこちて、大怪我して、手当ても受けられないで苦しんで死んでった訳でしょう。太股と両腕を骨折してたんだから、凄く痛かったと思いますよ。考えれば考えるほど不憫《ふびん》でならないんです。あたしは一緒に行った子供を責めている訳じゃないの。でも、ちゃんと説明してほしいんですよ。何で、あんたたちは、うちのサユリが苦しんでいるのに、麓まで降りて助けを呼んで来てくれなかったの、と。歌を歌って慰めてくれたのは嬉しいけど、四人もいたんだから、二人サユリの側に残って、二人が助けを呼びに行ってくれればいいじゃないですか。瀕死の重傷を負った子をどうしてそのままにできるのかわからない。そりゃ、夜の山道は暗くて怖いですよ。でも、木振川沿いに行けば、何とかなるでしょうに。誰も口にはしないけど、そのことを、うちはみんな悔しいと思っているんです。しかも、万歳した子供がいる、なんて話を聞いたら、うちのサユリを恨んでそういうことをしたんじゃないかしら、なんて考えてしまいますよ。先生、これは考え過ぎですか」

実は私も、なぜ冷静で頭のいい玲子や綾が一緒に居たのに、サユリをむざむざ死なせてしまったんだろうか、と考えたことがありました。しかし、安易に答えることもできません。

「まだ小学校五年生ですから、動転したんだと思います。夜の山道を歩いて二次災害になっても困りますし、そうするしかなかったんじゃないでしょうか」

あつ子はタオルハンカチで涙と汗を一緒くたに拭いました。

「わかるんですよ、言い分は。わかるんですけど、納得がいかないんです。何で、うちのサユリだけが崖から落ちるんですか。あの玲子って社宅の子は、あの崖に化石が出るから取りに行こうと言って、サユリを誘ったそうですが、サユリは化石なんかに興味ないですよ。何か不自然じゃないですか。おびき出されたんじゃないかしら」

「失礼ですが、考え過ぎじゃないでしょうか。警察の方でも調べたみたいだし、事実に間違いはないと思います」

あつ子は悔しそうに言い捨てました。

「先生までそんなこと言うんですか。先生と池辺先生は、今回のことで割り食った二人でしょう。池辺先生なんか窶《やつ》れちゃって、見る影もないって聞いた。そりゃ、大人にも責任はあるかもしれないけど、大人の責任だけじゃ防げないこともあるでしょう。子供の悪さって、意外に皆知らないだけなんじゃないのかしら。うちみたいにコンビニやってると、驚きますよ。子供の万引きの多いこと、多いこと。皆、ばれなきゃ何をやったって平気だと思っているんだから。特に社宅の連中は、何かあったって、すぐに転勤しておさらばしちゃえばいい、と思ってるから、結構性悪なんですよ」

ご説明するのが遅れましたが、社宅というのは、大手メーカーの自動車工場の幹部たちが住まう住宅です。玲子の家も、その一角にあります。木振小学校には、自動車工場と木材業者のふたつの産業の子女が多い、と申し上げましたが、木材は地場産業ですけれども、自動車工場の方は一流企業ですから、「社宅」と呼ばれて、少し高みに立っているところがありました。コンビニを経営する金子家の人々は、そのふたつのグループに対して反感があったんだと思います。私は驚いて、あつ子に問い返しました。

「社宅の子供たちも万引きするんですか」

「しますよ。さっき言ったじゃないですか。ばれなきゃ何だってするって。特に社宅の子は、地元の子よりも狡賢《ずるがしこ》いですよ」

いくら何でもあつ子の偏見ではないかと思い、私は反論しました。

「万引きと今度のことは違うと思いますが」

しかし、あつ子は自信たっぷりに首を振るのです。

「ばれなきゃ何でもするっていうことは、気に入らない友達を放って置いたら死んじゃった、でも、責められなきゃいいってことでもありますよ」

「そうでしょうか」と、私は考え込みました。「少々、強引な気がします」

「あの子たちが万引きした訳じゃないけど、あたしはそのことをぱっと思い浮かべてしまった訳。先生はまだ謹慎中だって聞いてますから、学校に出られるようになったら、青木、野口、服部、西村って子供たちに詳しく聞いてみていただけませんか。あたしたち、被害者は近付くこともできないの。あの子供たちは衰弱しているってことで、葬式にも来なかったのよ。親がちょこっと来て、香典置いて帰って行っただけなんです」

「わかりました。私もこの問題を考えたいので、一人一人に聞いてみます」

「あたしはね、ともかくサユリがどうしてこんな目に遭って、こういう死に方をしたのかを知りたいんですよ。よろしくお願いします」

鬱々とした日々を送っていた私は、あつ子に使命を与えられたような気がしました。明日、学校に行って玲子たちに話を聞いてみよう、それに池辺とも会える。私は急に安らかな気持ちになり、久しぶりにぐっすり眠ったのでした。

翌朝、出勤した私は、校門の前に立って、登校して来る児童に挨拶をしていた池辺の姿がないことに気付きました。マスコミ対策だけでなく、朝から厭味を言いに来る住民だっているのですから、姿を現さないのは当然と言えば当然なのですが、私は心配になりました。職員室にもいないので、何気なく事務の女性に尋ねたところ、池辺は昨日辞表を提出して、今日は私と入れ替わりに休んでいる、と言うのです。

私にも、遂に辞める時がきたのだと思いました。寂しいというか、ほっとしたというか、複雑な思いを抱え、私は慣れ親しんだ職員室を見回しました。私のデスクの上に、写真の袋が置いてありました。自宅待機になる直前、キューバ旅行で撮った写真をラボに出していたのです。取りに行くのを忘れていたのに、写真屋は気を利かしたのか学校に届けてくれたのでした。私は、小さな町に住んでいることが急に重く感じられ、最後の仕事をして一刻も早く辞めようと決心したのです。最後の仕事というのは、前日のあつ子との約束でした。

放課後、私は五年一組の教室に向かいました。教室の前にある担任札は、代替教員の名に変わっていました。私は懐かしい教室を覗きました。ホームルームが終わったばかりで、子供たちはほとんどが残っていました。サユリの席だけがぽつんと空いています。その机の上に、子供たちが家庭から持って来た雑巾が積んであるのを見て、私は絶句しました。サユリの死を悼《いた》んでいる様子は皆無に近いのです。一人の男子が私の姿を見つけて、「先生だ」と叫びましたが、振り向いた子供たちの反応は、至って冷静なものでした。全員が私を認めた後、何事もなかったかのように、さっさと帰り支度を続けているのです。「あゆ」と私を呼ぶ子供は一人もいないのでした。

私は、廊下から身を乗り出して、教室の後ろで立ち話をしていた青木玲子と野口綾、西村多佳子に手招きしました。服部清花の姿は見えませんでした。三人は、渋々というよりは、好奇心を露わにして私の前にやって来ました。

「こんにちは。みんな、元気？」

多佳子だけは居心地悪そうに身を捩《よじ》っていましたが、玲子と綾は、静かに私の目を見つめて押し黙っていました。

「一人一人とお話ししたいんだけど、この後、時間ある？　一人二十分くらいで済むわ、いいかしら」

綾と多佳子は頷きましたが、玲子は教室の時計を眺め、大人びた口調で言いました。

「私は今日ピアノなんです。その後は、家庭教師の先生が来るので、夜ならいいけど、先生はどうですか」

家庭教師の授業が終わるのは、午後八時ということでしたので、私は八時半に玲子の自宅に出向くことにしました。残った二人に、最初はどっちが来るの、と聞きますと、綾が手を挙げたので、図書室の隣にある小さな事務室に綾と一緒に入りました。机を挟んで向かい合うと、綾の膚や髪が夕陽に照り映えてとても可愛らしく見えるのです。ああ、私は子供たちの信頼や愛情を失っただけでなく、一人の子供を死なせてしまったのだ、と思うと涙が滲んでくるのを止められませんでした。

「どうしたんですか、先生」

「サユリちゃんが亡くなったことを思い出したの」

「でも、人間はいつか死ぬし」

綾は、髪留めをいじりながら私の目を見ずに言いました。私は子供たちと会う前に、新聞記事や週刊誌の切り抜きを幾つか読んでいました。最も具体的なのは、やはり地元紙でした。それには、足を滑らせて転落したサユリのところまで皆で降りて、サユリの意識がある時は声をかけて励ましたり、校歌を歌って慰めた、とありました。ペットボトルの水がなくなったので、沢から水を汲んで来て手で飲ませたし、サユリの意識がいよいよなくなりつつある時は、代わる代わる頰や髪を撫でたりした、とも。怪我をしたクラスメートが死んでいくところを見るのは、たとえ仲が悪くても、この年頃の子供には衝撃だと思ったのですが、綾はそんなことを言うのです。

「サユリちゃんのことをまた聞かれるのは嫌でしょうけど、教えてね。どうしてサユリちゃんと川遊びに行くことになったの。あなたたちは、前に喧嘩したことあるでしょう。私の目からは、そんなに仲良く見えなかったから不思議なの」

綾は、細い首を傾げました。

「何となく、そういう話の流れになったんです。玲ちゃんとあたしが化石を取りに行くことになっていて、プールの時に更衣室でその話をしてたら、サユリちゃんが自分も行きたいって言ったんです」

「普段、一緒に遊んでないのに、あなたたちはどうして断らなかったのかな」

「夏休みだからじゃないかな。夏休みって、普段遊ばない子と遊んだりするじゃないですか。そのノリだと思う」

「実際に行ってみてどうだったの。喧嘩とかしなかったの」

「全然」

「サユリちゃんが足を滑らせたって、どういう状況だったのかしら」

突然、綾は私を見ました。

「先生、現場見ました？」

首を振る私を、綾は冷ややかに言いました。

「知らないんだったら、説明しても仕方ないんじゃないですか。先生は何かあたしたちを疑ってるんですか」

言い当てられた私は慌てました。

「そうじゃないの。私は何も知らないので、いろんなことを知りたいだけ」

「じゃ言います。サユリちゃんは、自分が真っ先に化石を見付けたいから、焦っていたんですよ。崖を覗き込んだら、バランス崩して落っこちたんです。あたしたちがびっくりして覗いたら、下で俯せになって倒れているから、死んじゃったんだと思ってパニックになった。そしたら、サユリちゃんがあたしたちに『助けて』って言うから、生きてるっていうんで皆で下に降りる道を探して何とか苦労して降りたの。みんな手なんか傷だらけで大変でした。サユリちゃんは、痛い痛いって泣いてた。でも、あたしたちが助けを呼びに行こうと一人でも離れると、泣き喚くの。行かないでって。だから一緒にいてあげたんです。あたしはもう二度とあの川には行かないと思います。先生、これでいいですか。あたし、お兄ちゃんのお迎えに行くので帰ります」

綾は、一気に喋ると立ち上がりました。入れ替わりに入って来た、西村多佳子は緊張した様子で、私の表情を窺いました。私は椅子に座らせて、綾の言ったことを書き留めたメモを見ながら聞きました。

「川に行こうと言ったのは誰」

「サユリちゃん。プールの後に電話かかってきて、玲ちゃんや綾ちゃんたちと化石を取りに川に行くから、一緒に行こうって。清花ちゃんにも電話してって言うんで、清花ちゃんにはあたしがしました」

崖に化石がないかどうか、身を乗り出したサユリがバランスを崩して転落したこと、怪我したサユリが心細がって皆を引き留めたこと、後もほとんど同じでした。私は最後に多佳子に聞きました。

「多佳子ちゃんが一番仲がいいのは誰」

「今は玲ちゃんと綾ちゃんかな」

多佳子に聞けば、クラスの権力者がわかります。サユリ亡き後は、やはりあの二人なのでした。私は何も新しい事実を発見できないことに徒労感を感じたのです。

「今日、清花ちゃんは学校に来てた？」

「いたけど、すぐに帰っちゃった」

「どうして」

「ハチブになってるから」

村八分のことです。多佳子の顔に浮かぶ意地悪な勝利感を認め、私は五年一組に漂っていた空気を思い出すことができました。

「何でそんなことになったのかしら」

「我が儘だから」

「どこが我が儘なのかな」

「全部」

多佳子と入れ違いに、ノックもせずに校長が現れました。校長は五十七歳の女性です。太い体を地味な色のスーツに包み、化粧気なしで白髪混じりのおかっぱ頭を振り乱しているような人です。その地味な身なりが、教育者として、保護者の信頼を得られるだろうと考えているような時代錯誤の人なのです。校長は入るなり、私に詰め寄りました。

「浜崎先生、野口さんと西村さんにいろいろ聞いたって本当ですか」

多分、綾が喋ったのでしょう。私が頷きますと、校長は顔色を変えました。

「困った人ね。あの子たち、ＰＴＳＤの心配があるって言われて、精神面のケアを受けてるんだから、勝手にいじくっちゃ駄目よ」

「いじくってなんかいませんが」

「でも、あの事故のこと聞いたでしょう。駄目、駄目」

校長は私の腕を摑んで、左右に振るのです。掌がべたついているので、私はとても不快になりました。突然、破壊衝動と言ってもいいような荒々しい気持ちに駆られ、私は思わず聞いてしまったのです。

「校長先生、池辺先生はお辞めになるのですか」

校長は、とうとう聞いたわね、とでも言いたげに眉を上げました。満足そうでした。

「引き留めたけど、意思は固いそうですよ」

「この後、どうなさるんでしょうね」

「あなたの方がご存じじゃないの」

残念なことに、私は何も知らされていないのでした。その時の校長の言葉が、何か、私の置かれている理不尽な立場というものをはっきりと際立たせたのでしょう。私は池辺に対しても、怒りに近い感情を抱いたのです。私も同じく当事者なのだから、辞表を出すのなら、私にひと言あってもいいのではないか、と。最早、私は孤独な生《い》け贄《にえ》のようなものでした。池辺に見捨てられ、学校では手足をもがれて自由に動けず、情報は何も入らない。でも、辞表を出さない限り、ここで生きていくしかないのです。しかも、周囲は私が辞表を出すのを今か今かと待っているのです。野口綾の生意気な表情が蘇り、私は校長に止められても真実を知りたい、と強く思ったのでした。

その夜、午後八時半、私は約束通り、「社宅」の高台にある玲子の家のインターホンを鳴らしました。工場の総務課長は、本社から来ているし、工場長の次に偉いのだと聞いたことがあります。「社宅」は、会社内のヒエラルキーがそのまま土地の高さと同じだそうですから、工場長宅と並んで、青木家は裾野に広がる社宅群を見下ろしているのです。玲子の家の社宅は、真新しい一戸建てでした。

「先生、この度はご心配をおかけしました」

芳香剤の匂いと共に玄関の合板ドアが開き、玲子の母親が頭を下げました。保護者会にも必ず出席する玲子の母親は、土地の老人に宝塚の女優と間違われたくらい、華やかで美しい人でした。その夜も、家庭教師が来ていたためか、プリントのブラウスに紺色のスカートという上品な身なりをしていました。

「こちらこそ、とんだ不祥事を起こしまして、お詫びのしようがありません」

「運が悪かったのよねえ」

玲子の母親は、美貌と裏腹の捌《さば》けた口調で言いながらも、可笑しさを堪《こら》え切れない様子で忍び笑いを洩らしました。その目に表れた嘲りは、私の気持ちを挫きましたが、意思を固くするには充分でした。私にはその時、はっきりとわかったのです。この事件の被害者は、亡くなったサユリと私たち二人である、と。他の人々は、誰もこのことを悲劇だなんて思っていないのだ、と。そうなんです。サユリの家族の悲しみ、私たちの苦しみ。皆がそれを甘いお菓子のように楽しんでいたのです。

「運が悪いだけじゃ済まされないことです。申し訳ありません」

しかし、私はもう一度謝罪しました。機嫌を損ねられて、玲子に会えなくなると困ると思ったのです。ですが、母親は申し訳なさそうに言いました。

「先生、折角来ていただいたのに、ごめんなさい。駄目なんですって。さっき、校長先生からお電話があったんです。何もお話ししちゃいけないと言われました」

「私個人がお願いしても駄目でしょうか」

母親は嫌な顔をしました。

「実は、サユリちゃんのお宅が変なことを言いだしたらしくて、凄く迷惑してるんです。主人も怒って、弁護士を雇うと言ってます。だから、申し訳ないけどお引き取りくださいませね」

「お母さん、あたし平気」

玲子の声がしました。母親がぎょっとした顔をしました。Tシャツにジーンズ姿の玲子がチワワを抱いて、私の方を凝視していました。

「先生、どうぞ。あたし何でも話します。お母さん、話さないとか言うから、逆に疑われるのよ。何にも疚《やま》しいことなんかないんだから、平気よ。先生、入ってください」

玲子の言葉に衝《つ》き動かされたのか、母親がドアを大きく開けてくれましたので、私は急いで中に入りました。

「先生、早くして。でないと、もうじきお父さんが帰って来ちゃうから」

心配そうにうろついている母親を追い返し、玲子は私を二階の自室に請じ入れてベッドに座るよう、指差しました。で、何が聞きたいの、と言わんばかりの玲子の態度が、私には不思議でした。異常なほどの自信なのです。まだ十一歳の子供が、大人から死亡事故について聞かれようとしているのに、なぜこれほどまでに落ち着き払い、むしろ質問を歓迎しているかのように見えるのでしょうか。無論、ひとつには、若く気弱な教師である私を、玲子が小馬鹿にしているせいもあったのですが、私にはそれだけではないように感じられたのです。

「青木さん、あなたは私のどこが嫌いだったの」

私の口から、思いがけない言葉が出ました。なぜ、そんなことを聞いたのか、私自身にもわかりませんでした。玲子は勉強机の椅子に座り、長い脚をぶらぶらさせながら考えていました。

「嫌いじゃないけど、気が弱いと思ったことはあります」

私は苦笑しました。その通りだと思ったのです。

「どういうところが気が弱いの」

「サユリちゃんを野放しにしてたし、からかわれたりすると赤くなって俯いているところへんが、ブリッコしてると思います」

「先生、そんなにブリッコに見えた？」

「見えるんじゃなくて、そうなんだと思います」

私は子供たちを侮《あなど》ってはいませんでした。最初からずっと怖がっていたのです。特に女の子を、訳のわからない生き物として。もし、私が彼女たちと同年だったら、私はイジメの対象になっていたに違いないのです。

「サユリちゃんのことだけど、仲が良くないのにどうして一緒に川遊びに行ったの」

玲子は腕の中でおとなしくしているチワワの頭を撫でながら答えました。

「あたしと綾ちゃんがプールの更衣室で化石の話をしてたら、急に自分も行きたいから行ってもいいかって言ったの」

「綾ちゃんは前にサユリちゃんと喧嘩したことあったよね。綾ちゃんもあなたも、サユリちゃんが来るのは嫌じゃなかったの」

「たまにはいいか、と思ったの。夏休みだしね。夏休みって、普段会わない子と遊んだりするでしょう」

この時、私はおや、と思いました。聞いたことのある台詞だと初めて気付いたのです。綾と同じ。私は意識的に同じ質問をしてみようと思いました。

「途中で喧嘩はしなかったの」

「全然しなかったわ」

「サユリちゃんが崖から落ちた時の状況を教えてくれる？」

「いいですよ。でも、先生は現場知ってます？」

私が首を振ると、玲子は舌打ちしました。

「だったら話してもしょうがない気もするけど、ま、言います。サユリちゃんは自分が化石を早く欲しいから、焦ってて、崖を覗き込んだの。そしたら、バランスを崩して落ちたの。覗いたら、俯せに倒れているから、どうしよう、死んじゃったと思ってパニックになったんだけど、下から『助けてー』って叫んでるから、皆で下に降りる道探して降りたの。下に降りるのは大変だったから、みんな、手に怪我したりしたのよ」

「ちょっと待って。どんな風にバランスを崩したの」

私は新しい質問をしました。それをまた皆が使い回すに決まっているからです。玲子はチワワを椅子に下ろし、両手を大きく広げて倒れる真似をしました。

「こんな感じよ。それで下に行ったら、サユリちゃんが、痛い痛いって泣いてたの。でも、あたしたちが助けを呼びに行こうとして一人でも離れると、泣き喚くの。行かないでって。だから一緒にいてあげたの、ずっと」

「そう。サユリちゃんもほっとしたでしょうね」

「可哀相だったけどね」

玲子はしんみりとした調子で締めました。何と見事な演技力でしょう。多分、玲子か綾がシナリオを書いて、皆で暗記したのだと思いました。同じことを言わないと信用されないよ、とどちらかが言い、他の三人が一生懸命覚える様が想像できました。四人の子供たちは、その話を警察にし、校内の調査委員会でし、カウンセラーにしているうちに、まるで本当のことのように迫真の演技を身に着けて行ったのだと思います。

玄関前に車が停まる音がして、玲子が私の方を見ました。

「お父さんが帰って来たみたい。先生、やばいよ」

その時、私が何を感じたとお思いですか。私は、あんたたちには負けないよ、と思ったのでした。なぜかわからないのですが、そんな甘いことで世間は渡らせない、と強く思ったのです。とはいえ、私は本当に無力だったのですが。

私は、怪訝な顔をしている父親に挨拶し、弾んで帰りました。明日は残る服部清花を摑まえて、同じ質問をしてみようと。しかも、清花はグループで唯一携帯電話を持っていることを思い出したのです。川遊びの時も持参しただろうに、なぜ誰もそのことに注目しないのか不思議でした。木振川上流の山の中で携帯が通じるかどうかは知りませんが、遭難したと知った時、連絡が本当に不可能だったのかどうかは調べればすぐわかることですから。

でも、それはできませんでした。いいえ、清花がいなくなったのではありません。翌朝、登校してみると、池辺が前日、自宅の鴨居《かもい》で首を吊ったという報せが届いていたのです。池辺は勝手にこの世から消滅していたのです。

私は、池辺が亡くなったという事実が、どうしても飲み込めませんでした。もしかすると、池辺はそういう手段で責任を取るのではないか、と想像したことは何度もあるのに、現実となると認められなくなるのです。それに、二年間も親密に付き合って、一緒に酷い目に遭った女に何も言わずに去る、ということも信じられませんでした。その日、私は職員会議にも出ず、一日図書室に籠もっていましたが、誰も何も言いませんでした。さすがに気の毒だと思ったのでしょう。それとも、私も自殺を考えているのかもしれない、と心配して、下手に刺激しないよう、遠巻きに見ていたのかもしれません。その後、葬儀の詳細などが決まったという報告を受けましたが、校長から、奥様がお気の毒なので出席しないようにと強く言われましたので、何もすることのなくなった私は、自宅に帰りました。すると、ポストに池辺から手紙が届いていたのです。内容をお知りになりたいでしょうね。はい、まだ暗記していますから、申し上げます。

拝啓

お元気ですか。あなたと本当にお別れする日がとうとうやってきました。

僕はこれまで、幾つかの選択肢の中で揺れていました。生きて、このまま教師をやり、あなたと付き合う（不可能）。生きて、このまま教師をやり、あなたと会わない（不可能）。生きて、別の職業に就き、あなたと付き合う（不可能）。生きて、別の職業に就き、あなたと会わない（不可能）。それとも、死ぬ（可能）。

何とか生きていようと頑張ったのですが、死ぬしかないことがわかりました。「魂というものは思い出とか希望とか、しがみつくものをいつも見いだす」と言ったのは、僕の好きなレイナルド・アレナスですが、僕は魂すら失いました。

僕にとって、教師は天職でした。教師であるからこそ、僕自身なのです。だから、あなたが愛してくれた。その僕自身でもあった仕事を失ったら、やはり僕は死ぬしかないのです。しかも、失ったのは自分の所為でした。僕らの企みはすべて見抜かれていたのです。

僕の死は僕に対する責任を取るため、の死です。学校に対してなどでは決してありません。また、今回の事件に対して責任を取った訳でもありません。何度も言いますが、自分に対する責任です。

若いあなたには、僕の死など乗り越えて強く生き抜いてほしい、と心から願っています。

短い間でしたが、あなたと知り合えて幸せでした。僕は一日前の地球の裏側であなたを待っています。いつか来てくれることを祈っていますが、あなたは多分来ないでしょう。なぜなら、あなたは僕よりずっと強くなるからです。

こういう内容でした。遺書を読んでいるうちに、私の涙が急速に乾いていきました。池辺が死を選んだのは、仕方のないことだったと納得できたのです。いいえ、勿論です。身を捩って泣き叫びたいほど、私は悲しんでいましたが、どこかで諦めてもいたのです。池辺と一度車の中で別れた時、私はこの結末をどこかで意識していたのです。

数日後、池辺の死を聞いて心配した両親が、私を迎えに来ました。このままでは私も自殺してしまうと考えたようです。私は父親の手で辞表を書かされ、無理矢理、埼玉に連れ戻されました。そして、今に至る訳です。

服部清花に会ったかどうか、ですか。いいえ、会いませんでした。と言いますか、私にとっては事件の真相究明など、どうでもよいことと思われたのです。と、言いますのも、遺書を読んで、やっとわかったことがありました。そうです。あの一行。「僕らの企みはすべて見抜かれていたのです」という部分。

五年一組には、サユリよりも女子に嫌われていた人物がいたのです。それは私でした。全く気付きませんでしたが、「ブリッコ」と玲子に言われた私は、最も嫌われ、憎まれていたのでした。そして、女子たちは、私と池辺との関係にもとうに勘付いていたのです。四十六歳でも若々しく、明るい池辺は、女子に人気のある教師でした。だから、彼女たちは何とか私たちを貶《おとし》めた上で、困らせてやろうと画策したのだと思います。大嫌いな教師を罠にかけて追放するため、私などと恋仲になった池辺を懲らしめるため、サユリと玲子は結託したのです。私が夏休みに海外旅行に行くことですか。それは、クラスの全員が知っていました。嬉しさのあまり、私が授業の時につい洩らしましたから。

「今年の夏休みはどこに行くの。皆の計画は」

私が聞きますと、声が飛びました。

「あゆはどこか行くの」

「私はカナダに英語の勉強に行くことにしました」

「わあ、いいなあ。羨ましい」

最後に叫んだのは、確か玲子ではなかったでしょうか。最初の質問はサユリでした。そして、池辺の予定を誰かが聞いてくれれば、女子の悪意は奇怪な形に動きだします。おそらく最初の計画では、一昼夜、山中で行方不明になって困らせる、という程度だったのではないでしょうか。私たちが居所を誤魔化して一緒に行くことくらい、とっくにお見通しだったのです。だから、私たちが出発した翌日に、彼女たちは決行しました。

サユリが転落したのは、本当に事故だったかもしれません。あの子たちが、その事故も利用して、次に嫌いなサユリを抹殺しようとした可能性はあります。でも、いつか、あの四人の女子が本当のことを喋るまで、転落事故の真相はわからないでしょうね。あの子たちが、当時の私と同じ二十六歳になったら、このことをどう思うか、ですか。私はそっちの方が知りたいような気がします。

今回の旅行の目的ですか。はい、私も明日は山登りをします。実は、後で知ったのですが、池辺が亡くなったのは自宅ではなく、サユリが死んだ崖だったのです。サユリはクラスメートに囲まれて亡くなった模様ですが、池辺はたった一人で横たわり、死んで行ったのです。不思議ですね。私は事件から四年も経って、やっとあの現場を知るのですから。そうですね。最後の一人、服部清花に会ってみてもいいかもしれません。あの子はS市の中学に入ったと聞いています。でも、もう事件のことなんか忘れているんじゃないでしょうか。仮に覚えていたとしても、五年生の時の感情の昂りなど、実感をなくしていると思います。だとしたら、何の意味もないことではないでしょうか。あら、随分と長くお話ししていましたね。こんな時間まで申し訳ありません。

初出誌

植林――――――――――別册文藝春秋二二九号（一九九九年十月）
ルビー―――――――――オール讀物二〇〇〇年十月号
怪物たちの夜会―――――別册文藝春秋二四九号（二〇〇四年一月）
愛ランド――――――――小説現代二〇〇三年六月号
浮島の森――――――――オール讀物二〇〇五年二月号
毒童―――――――――――オール讀物二〇〇五年六月号
アンボス・ムンドス ―オール讀物二〇〇四年九月号

桐野夏生

1951年、金沢生れ。成蹊大学法学部卒。会社員を経て、93年、「顔に降りかかる雨」で江戸川乱歩賞受賞。99年、「柔らかな頬」で直木賞、2003年、「グロテスク」で泉鏡花文学賞、2004年、「残虐記」で柴田錬三郎賞受賞。98年に日本推理作家協会賞を受賞した「ＯＵＴ」で、2004年日本人初のエドガー賞（Mystery Writers of America 主催）候補となった。2005年、「魂萌え！」で婦人公論文芸賞受賞。著書に、「水の眠り　灰の夢」「錆びる心」「ジオラマ」「光源」「玉蘭」「ダーク」「リアルワールド」「I'm sorry, mama.」などがある。
桐野夏生オフィシャルサイト
http://www.kirino-natsuo.com/

アンボス・ムンドス

2005年10月15日　第1刷発行

著　者　桐野夏生《きりのなつお》

発行者　白幡光明

発行所　株式会社　文藝春秋
〒102-8008　東京都千代田区紀尾井町3-23
電話　03-3265-1211

印 刷 所　凸版印刷

製 本 所　加藤製本

万一、落丁・乱丁の場合は送料当方負担でお取替えいたします。
小社製作部宛、お送り下さい。定価はカバーに表示してあります。

ISBN4-16-324380-1

桐野夏生の本

白蛇教異端審問《はくじやきようい たんしんもん》

デビュー以来、問題作を次々に発表、世間の理不尽と闘い続けてきたケンカ・キリノの一線を越えたエッセイ集。桐野作品のエッセンスを凝縮したショートストーリー8篇も収録

グロテスク

第31回泉鏡花賞受賞作

光り輝く、夜のあたしを見てくれ。昼の鎧が夜風にひらめくコートに変わる時、和恵は誰よりも自由になる。一流企業に勤めるOLが、夜の街に立つようになる理由は何だったのか

柔らかな頬　上下

第１２１回直木賞受賞作

私は子供を捨ててもいいと思ったことがある。幼い娘が謎の失踪。夫の友人と逢引していたカスミは一人、娘を探し続ける。再捜査を申し出た元刑事の想像力は真実に辿りつけるか　☆

文藝春秋刊
☆は文春文庫